大学者随笔书系

DAXUEZHE SUIBI SHUXI

王统照

书香门第

王统照随笔

Wangtongzhao Suibi

SHUXIANG MENDI

北京大学出版社
PEKING UNIVERSITY PRESS

图书在版编目(CIP)数据

书香门第　王统照随笔/王统照著. —北京：北京大学出版社，2009.1
(大学者随笔书系)
ISBN 978-7-301-14831-0

Ⅰ. 书…　Ⅱ. 王…　Ⅲ. 随笔—作品集—中国—当代　Ⅳ. I267.1

中国版本图书馆 CIP 数据核字(2008)第 201289 号

书　　　名：书香门第　王统照随笔
著作责任者：王统照　著
策 划 组 稿：王炜烨
责 任 编 辑：王炜烨
标 准 书 号：ISBN 978-7-301-14831-0/G·2570
出 版 发 行：北京大学出版社
地　　　址：北京市海淀区成府路 205 号　100871
网　　　址：http://www.pup.cn
电 子 信 箱：zpup@pup.pku.edu.cn
电　　　话：邮购部 62752015　发行部 62750672　编辑部 62750673
　　　　　　出版部 62754962
印　刷　者：涿州市星河印刷有限公司
经　销　者：新华书店
　　　　　　787 毫米×1092 毫米　16 开本　15.75 印张　193 千字
　　　　　　2009 年 1 月第 1 版　2009 年 1 月第 1 次印刷
定　　　价：36.00 元

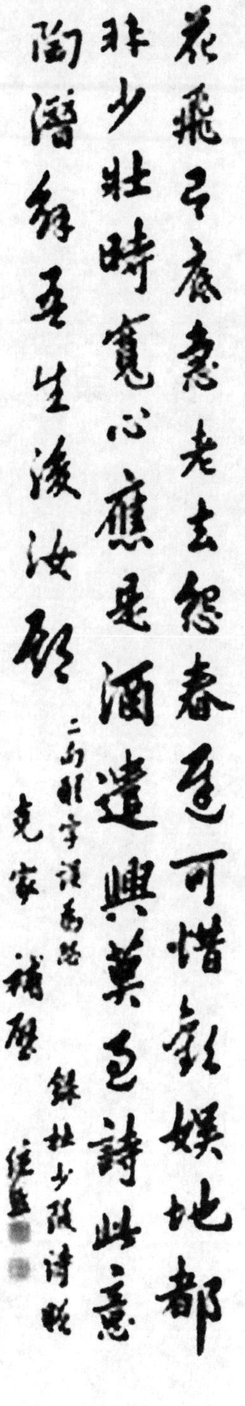

花飛有底急老去願春遲可惜歡娛地都
非少壯時寬心應是酒遣興莫過詩此意
陶潛解吾生後汝期
克家補壁
錄杜少陵詩
統照

王统照手迹

目　录

人间片云

说事忆人

Contents

附　录

人间片云

>>> 王统照 书香门第>>> 书香门第>>> 书香门第

片云四则

在春日中，我曾随意写了些故事(因为我自信不是短篇小说)，人事匆匆，便弃掷在书堆里。这些日子，我又从书中捡出。偶在窗前的绿荫下重阅一过，自己以为尚有点兴趣。恰值一阵凉风吹过，空中的片片的白云合了起来，便渐渐地落了几个雨点，我想这些零碎写的东西，也如在不意中的片云的集合一般，所以随手题上这两个字在前面。本来这几篇故事，我无意发表的，但为了《旬刊》的稿件关系，不能躲懒，便匆匆付印出。这类东西，说不到著作上去；即偶有些许的启发人的情趣的地方，但既少强力的表现，更没有深沉的情绪，不过我直诉我愿写的话而已。

然而片云或许有一个晶莹的雨点，落到田畦中，可以润湿一撮的沙土，虽然我并未作是想。

"嫩芽的欲望是为了夜和露，而灿开的花儿却为光明的自由而喊呼呢。"轻飘飘的片云，怕只能落几滴露珠在小草上呵！

跌跤

圆月的银辉，从青阔无际的大圆镜中泻流下来，照在蒙茸的草地上，小小的园林，微微振动的叶影中间，浮现着幽玄静穆的夜色，慕玄一个人穿了短衣在樱桃树下来回散步。那时园林外的夜潮澎湃，时时如喊叫般的撞打海岸。

这是他家的一所别墅，每逢夏日慕玄总是在此间消磨他的十余日的从世间偷来的光阴。别墅距海岸最近，建于T港的市外。本来这地方的所在，是平治成的山腰，园林也是由斜坡上立起。内有二层小楼一座，每在朝日初出，或晚霞幻出金紫的色彩照耀到海面上时，他往往带了一本书倚楼远望，便可以看到碧蓝相映的海波上轻浮着袅娜的白帆远向天际而去，在这时候，他就悠然想到一切……其实这一切中包含的是甚么，他自己说不出，而且他也没有告诉过别人。

在静夜的明月的圆姿照彻之下，能使人联想到无端的思与事实。这时月儿正明，挂在中天，他小步迟回，听了一回音乐般的鸣涛，想了一回古今咏月的名句。而飞的不知名的小虫嗡嗡的却时来打断他的幽思，他并不挥去它们。飞虫来了，他就走向那边去，但不知趣的小虫豸，却煞是作怪，他走到那里，它们继续着叫出很令人烦厌的声音，只是随在他的左右。于是他穿过樱桃树丛到凉亭上，到小小的水池边，但这些欺生的小敌人，老是苦苦穷追。他走急了。雨后的池边青草与软泥都是滑滑的，他转过去，不留心一交便滑倒了，幸而有铁栏绕着，没有栽到水里去。

坐在润湿的草地上，且不起来，看着月光下潋滟的水波发呆，可是这时小飞虫一个也没有了，他却没有觉得出来。

这是他所想的，"庸若前几天来信告诉我说：人生是要跌跤的，我觉得他是同我说玩话；再不然就是随意闲谈，这回我才知道人究竟是要跌跤的。……"于是他便连续着想起无许的事来。觉得胸口很灼热，好像有无数的话在里边冲撞着要说出来。微风振动树叶，青草里的一阵阵蛙鸣，也都像催他去说出来一般。但他孤寂地一个人住在这个别墅里向谁说呢？

他再忍耐不住了，起来也不顾身上有没有污泥；也不再怕飞虫在身边飞鸣，一口气跑到小楼上的廊檐下，取过一支用翎管削成的笔尖，醮着自己用紫玫瑰作成的墨水，便在极白的笔记册上写下。月色正明，楼又在高处，所以虽不是十分清楚，却还辨清字迹。他便写道：

我既为人，就是跌到网里来了。——但这些网，却不是空用“尘网”两个空洞的字所能包括的。这些网种种不一：有的是柔软的线丝结成的；有的是钢条结成的；有的是用五色璎珞夜光珠宝缀成；有的却又是用破的绳头，碎的竹片，补成的；也有用荆棘的针刺连成；用幻术的火焰照成。……但勿论谁，却终须将他的体魄与灵魂的全部，跌到说不清的网的一个中去。

他写到这里自己点了点头。

他们为什么要跌入？为甚么不在网外逍遥？却谁也不知道。只有业力的主人，在冥冥的暗窟，向他们微笑。也或者他们起初都愿跌到柔嫩的丝网中去，甜香的满涂了蜜的网中去，但当他们从天使的翼下，顺着天风闭了眼睛，往下跌去的时候，却一任命运为他们的支配者。无量的网，发出来的声，色，香，味，在大空中弥布着，专等候它们盲目的主人的归来。不过这些网终是平列着的，人们既堕入之后，也可出此入彼，但每个人是很少数再有这样重跌一跤的本领了。因为既是很深，而且各有它们特殊的魔力与厉害，能够将每个人的体魄，灵魂，在其中消净一切。于是一个人的一生，在每个网里便足以消磨其悠悠的岁月了。

这时月光斜射，却正好将饱满的光线满射在洁白的纸上，他写的便更有兴致。

我曾经作过一个极奇怪的梦，梦见一位白发婆娑的老婆婆，她拄了橡木的拐杖，立在一条碧波的溪上。她告诉我她曾在深深的渊里，拾过珍珠，而且这些珍珠，都是她曾经吃过的，甜得比烧熟的甘栗还好吃。……如今想来，这深深的渊，或者就是许多网的一个。那些珍珠，却不知给了那位老婆婆一些的甚么受用？这是一段虚构的故事，但我深深地信而不疑。又有一次：我在嵩峰山中旅行，因为宿于一所古庙中，认识了一位道士。——我至今还记得他的面貌，虽是在七八年以前，记得我当初上削刃岩时，头一个遇见的就是他。他头一句话问我："你是十几岁的童子，不在网里乱撞，却跑到网外来吗？"我当时很生气，以为他侮辱我是鱼。但因为他身边带了一把铁柄的木铲，正在寺门前大松树下锄草，我不得不将少年的盛气压下，没有理他。……那晚上风声雨声很大，我住在他的寺中，在吕仙的泥像之下。他说："人横竖得在网里，正如你那猜想的鱼一般。我是从苦恼的网中逃出来的。"他还说"到如今那个已经过去的网的影子，还在他身后呢。……"这都是如同梦话般的奇怪，可是因为庸若跌跤的话，使我都记起了。也许梦幻的构成，比实境真确些。……跌跤终是不能免的。

他写到这里却猛然记起一点事来，便只写下下面这一句：

我现在也已跌了一跤，究竟是跌到那个网里去了？

他想再继续写，但不知为甚么心底上沉沉地不知从何写起？而将过去的一层层的影事全提过来，充满了在这一刹那的思域。他不觉得将翎管的笔尖，向纸上画了一道横线，随着吐了口闷气，立起来。这时他方觉得左股上微微地痛楚。

债

珑妹最怕我索债，因为她欠我的债很多，不过不是金子罢了。如铅笔，画片的赠送，如诗与书籍的讲解，如最好的香茗的享受类此的事。她是我的小表妹，最喜欢说笑话，每见我总是没有闭口的时候。我因此却更有许多索债的机会了。但她总是说没有法子，因为她还年轻，没有东西赠我，以及给我讲解诗书的能力。

有一天：我们又遇到了，在我家那个橡林中。因为这所林子，是很大而且茂盛，每当夏日，我家中的人同了亲戚们，往往去到橡荫下吃茶避暑。那时我正好由外边回来，天气热得厉害，每在午饭时，葛布的衫子，都为汗珠湿透。于是这日的过午，我们一大群人便说笑着从家中到橡林中去。

恰好珑妹同了她的姐姐，与她的女友翼珠，都来我们家中，那自然便一同去了。

果然到了橡林中之后，微风习习，将骄阳的热威逐去。我那时说话最多，因为初从外边回来，当然有的编说。甚么地方的风景美丽，甚么地方的男女服装，都成了谈话的资料。但时候多了，我觉得有点词穷。回头过去，看见珑侧着一双圆髻儿，正听得有趣。我便寻得新资料了，很郑重地向她道：

"日子又不少了，还不还我一点？"

她怔怔地不知我说的甚么。她的姐姐却微笑道："二哥问你要还债了，看你怎么办。"她真的方才明白又是旧话重提。她的口齿很伶敏，便道：

"二哥自己也不害羞！老是向人要债，欠甚么呢？……有凭据没有？"

我的妹妹淑如在一边用扇子打了她一下道：

"你好厉害，大姐姐！今天要是小珑不还哥哥的债，我们也饶不了她！……"珑同时一阵附和的笑声。

珑这时不抵赖了，但道："好吧……但我凭甚么还呢？我又不会讲书，又不会作词，更是可怜，我又不会画张画，怎么办呢？"她正自踌躇着，她的姐姐一眼看见翼珠坐在小椅上很安闲的打线袋，便丢了个眼色向灵，灵即刻知道了，便立起来拍着小手道：

"我有了法子可以还债了。二哥以前给我讲的书以及为我买的东西,我差不多都同翼珠讲过,分赠过。现在呢,只要翼珠妹还吧。我可脱却了债务的干系了。"

翼珠向来不肯多说话,但这时也将线袋丢过一边,向珑道:"也不错,可照你所说,我可以还密司忒王的债,但你须知道我只是向你欠债;并不曾欠下密司忒王一点儿。我过日还同你算不清的账呢。就使我还你……"

别的人又都笑了。

珑真的着急,便用照常亲密的态度,拉了翼珠的双手道:"好啊,别人不说,你也会欺负我!你到底好意思不还我债?……"

"还是还的,你就将我所还你的全个儿送去还密司忒王吗?"

灵喜的跳了起来,回头向我们道:"有了还的了,翼珠拿甚么,我拿甚么还二哥……好吗?"

但翼珠慢慢地分着珑的额发道:"不过我要还你一下打呢?——不就拿东西还你之后,还在你的小嘴唇上拧一把呢?"

这句话没完,满林子都是笑声,我也几乎因此将一口茶喷在地上。珑却鼓着气红的腮帮,不言语了。及至我们走时,她又和她那好朋友携着手儿去打未成熟的枣子吃。

夕阳影里我们一群人陆续地由林中归来,各人都用扇子遮着犹有余热的阳光。我同珑的姐姐走在前面。踏过了清溪的木桥到人家的苇篱的前面立住。她喟然道:

"你听见珑与翼珠说些有趣的小孩子话,但实在是这样。一个人欠一个人的债务,别人总不能代偿还的。即便代偿时,也是不合适而且办不到。"她说到这里,向我如分外注意以下的三个字似的,点点头道:

"你信吗?"

我望着她持纨扇的右手上的皮肤内的微青色的细血管,想了一会,便只答应了个"是"字。

初恋

云朋是我们的同人中一个最善于谈话的，不仅是他的口齿有特别宜于密谈的声调，而且因为他谈到一切事上，都令人思念不置，但是他的谈兴向来是很短促的。

一天我同了一位女友，还有他到翠微峰上去逛。晴明的秋日，半山腰中有三五棵绛红的枫树点染着，令人感到冥漠的秋之悲感！翠微峰的后山涧旁的碎石上，满长了层层嫩绿的苔藓。我们由城中出来，并不觉疲乏，坐在石上听细流潺湲，各人都不说话。那位女友，将裙子提起，弯身在水面上洗手巾，正在洗的时间中，她不知想些甚么，手里松了一松，恰好上流被急水冲下一块五色鹅卵石来，刷的一响，就将她那条白底碧花的丝巾随了下流的水，漂了下去。她惊诧了一声，只看着它从碎石砌成的水径斜流下峡谷中去。我也来不及去为她取回，便道："这条不舍昼夜的细流，每每的诱人来听，这回却将丝巾来引诱去了……可惜！"她不言语，只惘惘地起立，又复坐下！

云朋似乎如没有看见一般的慢吞吞地道：

"去了倒好，永久留下个念想还不好吗？"

那位女朋友向来是有种特别性质的，凡是她用的物件，与她日日作为伴侣的物件，譬如一枝铅笔，头发上的一只压发，领扣的结子，若偶然丢失了，她便闷闷不乐，现在见云朋如无事人一般的说这种不关痛痒的话，便冷冷地笑了一声，然而目注着急迅下流的水，却几乎没有滴出泪来。

云朋便继续道："这类事正是多呢，一不注意，便永逝而不返了，只留下旧日的回想，虽是悲伤有在心头——自然是女性特别所赋有的——而可以时时将此趣味提起，使得她能有永久精神上的系念！世间的事，那桩曾是永驻的，那一事不是常常从我们温暖的心房中，难以防备地破壁飞去。但只求得去后的心房尚留存下温热的不尽之感，这便是无量的幸福了！不然，果使你的心房常常被快乐所充满，你永不会尝到由悲哀的丝巾，发出来的异味……”

我那位善于感动的女友，这回把以前的怅惘，已似减轻了些，便低着头道：“云朋先生说话也未免过于高超，究竟谁是愿意这样的。第一次的经验常常留下不可磨灭的印迹，譬如这条丝巾，我并不特别的痛爱它，只是从三年前一位友人远远的送与我，忽然失去，焉得不……”她说时一边用手在水中弄着石子。

云朋很高兴地立了起来道：“可又来，第一次的经验的留痕，若不是将做成经验的东西失掉，你怎么觉得出伤感来？”

我这时越听云朋说的奇妙，却越发糊涂了，便插上一句：“你这些话成了哲学上的抽象论了，我简直不懂，请你举出一个最显明的例子来。”

云朋绝不迟疑地向我笑了一笑，却走到那面的矮松中高声道：“例子吗？你知道的，例如回思过去的‘初恋’。”他便掉过头去看山缺处半落的夕阳，不再言语。

她骤然将手由水中抬起，看了我一眼，我便低下头去。

一时只有时缓时急，流在石径中的水声，如戛玉般的鸣着。

三弦的余音

正在一个大雪的冬夜里，我从外城的友人的酒宴上回来。广大的通衢，在平常是如何的热闹，但这时除了偶然看到两三个鹄立在惨白的灯光下的黄衣警察以外，就只看见到处都是银光闪烁，而且空中正飞落得有致。我步行走过虎坊桥，心上被热酒激荡着也不觉冷，却将外套搭在左臂上转了几个小巷走入一条夹道里。却忽然听得墙的那边有种弹三弦的硼东的声音，虽是凄沉不扬，却还是有腔调的。

及至我走上前去在黑影里借着雪光映着看时，却正是两个人并肩慢慢地在雪上走，三弦的声音便从东侧那个身体较高的人的怀中发出。它的声音，恰好与他那迟缓的步履相和，他们仿佛不知有这样冷风逼吹得大雪似的。弦音沉荡，忽而高起，间杂着凄然号叹，幽然悲泣的声音，我一边听着，自然的脚下也随了弦音缓下来，只是追踪着他们两个人走。忽然听见那一个身肥而矮的人道：

“你尽着弹，不累的很吗？自清早起在东北园要了一碗热水，还是你让我喝了一多半，一天到夜，这样的天气……”我这时才知道这个说话的还是个少妇的口音，当时使我骤吃一惊！便接上听着那个男人的答语，但弦音并没停止。

“我觉不得饿，而是要弹它，也知道在这时没有人肯给一点馒头吃，但我们这不必想吃了！横竖今夜里饱了，明天呢？但是被你这一说起我倒想起你的不幸来了。”

女的不言语，凄长的曼歌之声，便从她的喉中唱出。

我这时觉得身上奇热的了不得，恰好走在人家门首电灯下面，我方看见这是一对盲目的少年夫妇。

我真不知如何方好了，摸摸袋中，还剩有一把铜子，便塞在男人的手中，他这时突将弦子停止，惊急地向我。我也没有同他说甚么，便走入大街，加紧的一气跑回寓中，心上不知怎的如同有甚么冲逆着的忐忑在归路的夜雷光中，三弦的余音尚似在后面追逐着。

1923年8月2日

阴雨的夏日之晨

大雨后的清晨，淡灰色的密云罩住了这无边的穹海。虽没有一点儿风丝，却使得人身上轻爽，疏懒，而微有冷意。我披了单衫，跣足走向前庭。一架浓密的葡萄架上的如绿珠般的垂实，攒集着，尚凝有夜来细雨的余点。两个花池中的凤仙花，灯笼花，金雀，夜来香的花萼，以及条形的，尖形的，圆如小茶杯的翠绿的叶子，都欣然含有生意。地上已铺满了一层黏土的苔藓；踏在脚下柔软地平静地另有一种趣味。我觉得这时我的心上的琴弦已经十二分地谐和，如听幽林凉月下的古琴声，没有紧张的，繁杀的，急促的，激越的音声，只不过似从风穿树籁的微鸣中，时而弹出那样幽沉，和平，在幽静中时而添加的一点悠悠的细响。

少年人的思想行为固然是要反抗的，冲击的，如上战场的武士，如履危寻幽的探险者，如森林中初生的雏鹿，如在天表翱翔的鹰雕。但是偶然得到一时的安静，偶然可以有个往寻旧梦的机会，那末，一棵萋萋的绿草，一杯酽酽的香茗，一声啼鸟，一帘花影，都能使得他从缚紧的，密粘的，耗消精力与戕毁身体的网罗中逃走。暂时不为了争斗，牺牲，名誉，恋爱，悲愤而燃起生命的火焰；放下了双手内的武器，闭住了双目中的欲光，将一切的一切，全行收敛，全行平息，全个儿熨帖在片刻的心头。朦胧也罢，淡漠也罢，也像这微阴的夏日清晨，霹雳歇了它们的震声，电女们暂时沉眠，而洒雨的龙女尚没曾来到，只有淡灰色的密云，罩住了这无边的穹海，一切消沉，一切安静。

前途么？只是横亘着不可数计的黑线，上面带着时明时灭的斑点，没有明丽的火炬，也没有暴烈的飓风。后顾么？过去的道途全为赤色的热尘盖住，一个一个的从来的足印深深的陷入，留下不可消灭的印痕。只有在空中——这神秘的无边穹海里，Phaeton 在驾着日车，向昏迷的人间撒布焦灼焚烧的毒热。Melpomene 在云间挥剑高歌，惊醒了欢乐的喜梦。鳌背上这小灵球儿徒自抖颤，只是甘心任受，低头屈服，这无边穹海的威力的迫压。它同它的子孙，那能有自由挥发，与自由解脱的能力与意志，它也同太空中个个的小灵球，忽然如在午夜中一闪微光，便从它们的姐妹行中失掉。

水是淹溺我们的，火是燃烧我们的，风是播散我们的骨骸的支节与灵魂的渣滓的，地是覆灭我们的……只有毁坏，破裂，死亡，一切的“无”，一切的“化”，一切的“到头都尽”。这其中偶然迸裂出一星两星的“生”的火星，偶然低鸣出一声两声的“爱”的曲调；偶然引导着迷惑的我们左右趦趄；偶然使得我们的心头震颤。无力的我们，便如小孩子得了带酸味的一片糖果，欢呼、跳跃、舞蹈、高歌。及至糖果尚没曾咀嚼出滋味，便与唾沫同时消尽，不曾饱满了饥饿的胃，不曾充足了雷鸣的胃肠……末后，只剩下求之不得的号泣，只剩下了过后的依恋怅惘。

勃来克说：

> 长矛与利剑的战争，
> 全为露珠儿融解。

果然么？朝露能洗涤人间的罪恶时，我愿同我的亲爱的伴侣永远生存，游戏于露托的模糊的网中。

托尔斯泰说：

小鸟儿们在阴影中鼓着翅儿，唱着欢乐的空想的胜利的曲儿。高高在上的树叶儿充满了树汁，在快乐地细语，同时生动的树枝慢慢地而且庄严地在他们的人儿——消灭而死的人儿——上面摇拂。

果然么？生与死能够这样的调谐，“死”，切断一切而不感寂寞。尚有鸟儿的娇喉，尚有树枝的舞蹈，能以使这为饥饿，为不充足，为怨情，为泪，为念而死的灵魂，觉得慰安，则“死”与“生”，正是一串的珍珠，应该搀和着穿在一起而挂于美丽的女郎的颈上，与火炬的明焰与深碧的海涛相合。而藉此一二个珠儿的光辉，映照着淡灰色的无边穹海的平淡。

但是露珠儿终被毒灼的日光晒干。死去的灵魂，会不会真能听到野鸟的娇歌与树枝儿的细语？

宇宙终古是被淡灰色的密云罩住，晴朗，明丽是瞬间的闪光；欢乐，狂喜，是突然的情焰的燃烧。就是这样淡漠而平静的，沉沉的如行在灰沙铺满的长途中，争与夺，爱与欲，气愤与牺牲，都是有曲棱的尖刃，不但要切割我们的肢体，且要多流我们的热血。他们是猎人，我们是被逐的动物；他们是深坑，我们是被陷入的土块瓦砾。但……

我们的血潮，终不能静止在我们的心渊；我们的欲念，终不能如芥子之纳于须弥；我们的自由的反抗的种子，终不能使之不萌芽，滋生，一时的朦胧，一时的淡漠，更不能上寻“帝乡”，永远地逃却人间的网罟。待至震雷作响时，打破了灰色的云幕，洒落下急迅猛烈的雨点，于是万马千军的咆哮，金铁击触的互鸣，我们的心火又随着电火引烧，向无边的穹海中作冲撞的搏战。于是我们便重行转入缚紧的密粘的网中去，为一切而吹起战角挥动军旗，而燃起周身的火焰。

露珠儿果能融解？

死亡果能以平静？

人们的思想原是在循环圈中：有时欢喜吃淡味的面饼，有时喜欢吃辛辣的食物。但平静是一时的慰安，奋动是人生的永趣。我在这夏日的清晨的淡灰色的云幕下，虽然喜慰我这心琴的调谐，但我也何尝忘却霹雳，电光的冲击。我由一杯香茗，一帘花影的沉静生活中，觉得可以遗忘一切，神游于冥渺之境，但激动的奋越的生命之火焰却在隐秘中时时燃着。

我们为消失长矛与利剑的战争，而不惜向更深更远更崎岖的山道中冒险去乞得露珠，虽然也未必真能消除人间的战争。

“血　　梯”

中夜的雨声，真如秋蟹爬沙似的，急一阵又缓一阵。风时时由窗棂透入，令人骤添寒栗。坐在惨白光的灯下，更无一点睡意，但有凄清的、幽咽的意念在胸头冲撞。回忆日间所见，尤觉怆然！这强力凌弱的世界，这风潇雨晦的时间，这永不能避却争斗的人生……真如古人所说的“忧患与生俱来”。

昨天下午，由城外归来，经过宣武门前的桥头。我正坐在车上低首沉思，忽而填然一声，引起我的回顾：却看几簇白旗的影中，闪出一群白衣短装的青年，他们脱帽当扇，额汗如珠，在这广衢的左右，从渴望而激热的哑喉中对着路人讲演。那是中国的青年！是热血沸腾的男儿！在这样细雨阴云的天气中，在这凄憯无欢的傍晚，来作努力与抗争的宣传，当我从他们的队旁经过时，我便觉得泪痕晕在睫下！是由于外物的激动，还是内心的启发？我不能判别，又何须判别。但桥下水流澌澌，仿佛替冤死者的灵魂咽泣，河边临风摇舞的柳条，仿佛惜别这惨淡的黄昏。直到我到了宣武门内，我在车子上的哀梦还似为泪网封住，尚未曾醒。

我们不必再讲正义了，人道了，信如平伯君之言，正义原是有弯影的（记不十分清了姑举其意），何况这奇怪的世界原就是兽道横行，凭空造出甚么"人道"来，正如"藐姑射的仙人可望而不可即"。我们真个理会得世界，只有尖利的铁，与灿烂的血呢！平和之门谁知道建造在那一层的天上？但究竟是在天上，你能无梯而登么？我们如果要希望着到那门下歇一歇足儿，我们只有先造此高高无上的梯子。用甚么材料作成？谁能知道，大概总有血液吧。如果此梯上而无血液，你攀上去时一定会觉得冰冷欲死，不能奋勇上登的。我们第一步既是要来造梯，谁还能够可惜这区区的血液！

人类根性不是恶的，谁也不敢相信！小孩子就好杀害昆虫，看它那欲死不死的状态便可一开他们那天真的笑颜。往往是猴子皮气发作的人类（岂止登山何时何地不是如此），"人性本恶，其善者伪也"的话，并非苛论。随便杀死你，随便制服你，这正是人类的恶本能；不过它要向对方看看，然后如何对付。所以同时人类也正是乖巧不过——这也或者是其为万物之灵的地方。假定打你的人是个柔弱的妇女，是个矮小的少年，你便为怒目横眉向他伸手指，若是个雄赳赳的军士，你或者只可以瞪他一眼。在网罗中的中国人，几十年来即连瞪眼的怒气敢形诸颜色者有几次？只有向暗里饮泣，只有低头赔个小心，或者还要回嗔作喜，媚眼承欢。耻辱！……耻辱的声音，近几年来早已迸发了，然而横加的耻辱，却日多一日！我们不要只是瞪眼便算完事，再进一步吧，至少也须另有点激怒的表现！

总是无价值的……但我们须要挣扎！

总是达不到和平之门的……但我们要造此血梯！

人终是要慷厉，要奋发，要造此奇怪的梯的！

但风雨声中，十字街头，终是只有几个白衣的青年在喊呼，在哭，在挥动白旗吗？

这强力凌弱的世界，这风雨如晦的时间，这永不能避却的争斗的人生……然而"生的人"，就只有抗进，激发，勇往的精神，可以指导一切了！……无论如何，血梯是要造的！成功与否，只有那常在微笑的上帝知道！

雨声还是一点一滴的未曾停止，不知那里传过来的柝声，偏在这中夜里警响。我扶头听去，那柝声时低时昂，却有自然的节奏，好似在奏着催促"黎明来"的音乐！

1925 年 6 月 5 日

烈风雷雨

突喊，哭跃，悲哀极度的舞蹈，“血脉偾兴”的狂歌；挥动着，旋转着那些表现热情的千万个旗帜；震吼着，嘶哑着那为苦闷窒破了的喉咙；鼓荡起，冲发起，吹嘘起平地的“狂飙、横澜”。……呵！呵！这不是在那万头攒动中的精诚！呵！呵！这不是在那幽暗地狱中的火光明耀？这如醉如狂的举动与声音，正像从刀斧手下脱逃出来的无数囚徒，赤手光膊与狰狞的“伍伯”作最后的争斗。激发的，热化的火焰已烧透了我们的心腑，我们不能再正襟叉手在良时中闲磕牙；我们也不能安安静静地在“陇上辍耕”，唱着“月儿光光”的歌曲。

太空中射来了一支毒箭，使人们都中了“狂疾”朋友们！人生的活剧便是在“狂疾”中的挥发与挣扎！只是优游而不去呼唤；只是逍遥而不知愤怒；只闲挥涕泪而不去一试刀剑的锐锋，这是多末卑屈柔荏的生活！……但，因此便发生了这不可平息的“狂疾”，然后可以创造出、开辟出足容得我们盘桓的快乐的花园，然后可以有从容安暇的时光够我们消遣。而“狂疾”一日不好，你便须一日与狂魔激斗！……这才是人生活剧的真趣味，真表现，真精神！

黯阴的空中只有层迭与驰逐的灰云：那深墨的，那灰白的，那如铅笔画幅上烘染的，如打输了交手战的武士的面色的；如晶亮的薄刃上着了一层血锈的部分；如女人失眠后的眼角的青晕，低沉下多少惨恻的哀意，都由那灰色层云中弥漫了我们的心头！

卷地的狂飙，爽利的冰雹，倾落的骤雨，震惊的疾雷，呵呵！万千铁甲中金鼓的鸣声，无量数的健儿呐喊，看呵！葱绿的树木也不在慢舞纤腰了：坦平的道路也不能任人家自由踏践了，只有淋漓下的悲壮的高调曲音，从地狱中心随了飞来的霹雳喝磕，喊动；——喊动这已死的地球上安睡着的婴孩！

不要安静的！不需要安静的！我们要实现吐火的梦境；我们要撞碎血铸的洪钟；我们要用这金蛇般的电光遍射出激动的光亮；要用震破大地的雷霆来击散阴霾。这样情热的当中，岂容得踌躇，恐怖！这疾风暴雨的日子，正是狂歌起舞的时间！为要求明如日星的生活，为要求灿如朝花的将来，我们便情愿狂醉；情愿在水火中相搏战；情愿将此混沌的世界来重行踏反，重行熔化，重行陶铸！

好剧烈的一场烈风雷雨！

好快活的人生的活剧！

好一曲悲壮的歌声，那余音哀厉是永远长存在人人的心中！

1925 年 6 月 5 日

林　语

夜，在秋之开始的黑暗中，清冷的风由海滩上掠过，轻忽地振动他们的弱体。初觉到肃杀与凄凉的传布，虽然还是穿着他们的盛年的绿衣，而警告的清音却已在山麓，郊原，海岸上到处散布着消息。

连绵矗立的峰峦，与蜿蜒崎岖的涧壑，巨石与曲流中间疏落而回环的立着多少树木。不是一望无际的广大森林，却是不可数计与不能一一被游山的人指出名字的植物。最奇异的是红鳞的松，与参天般的巨柏，挺立着，夭娇着，伏卧着，仰欹着，在这不多见行人足迹的山中，但当传了秋节来的清风穿过时，他们却清切地听到彼此的叹息。

黑暗中，

只有空际闪闪的星光，

与石边草中的几声虫鸣。

这奇伟的自然并没有沉睡，它在夜中仍然摇撼着万物的睡篮，要他们做着和平的梦；但白日给他们的刺激与触动过多了，他们担心着不远的将来是幸福还是灾害？他们相互低语着他们的"或然的知识"，由消息的传达便驱去了梦，并且消灭了他们的和平。

夜，不远的波浪在暗中挣扎着因奋斗而来的呻吟，时而高壮，时而低沉，似奏着全世界的进行曲。

夜幕罩住了万物，都在暗中滋生，繁荣，并且竞争与退化着。从森密的丛中微闪出一线的亮光，是“水界的眼睛”诱惑着他们作白世界远处的纵眺，那水界转动它的眼波，围绕着地母的全身没有一刻的停息。

幽暗中微风吹掠着丛树的头顶，他们被水界的眼睛眩惑着，不能睡眠，便互相低语。

“秋的使者来了！繁盛与凋零在我们算得甚么呢？一年一年的剥削，是自然的权威。可怜的是我们究竟只是会挺立在这个枯干冷静的世界里，没有力量同人类似的可以避免这节候的剥削……”一棵最老的桧树首先叹息着。

“啊啊！老人！你没有力量却欣羡人类么？那可还有存留的智慧在你的记忆力里。这是听过我们远的，很远的祖先告诉过的，嗳！甚么历史？全是安慰人们心理的符箓罢了！那里曾给告诉过这是真实？没有呵！他们说：人们在这个世界至少有两个十万年了，这仍然是猜测夸大的诳语。但我们呢？我们才是宇宙万物的祖先，我们的功劳，我们沉默的工作，都是为了能动的物类保护，营养，借予他们的利益。不多说了，这是悲惨的记录！老人，总之，我们是只有智慧而缺少力量了，我们是只能服务而不取报偿。但……”山中特产的银杏摇着全身的小扇，颤颤地与桧老人相问答。

“但人类对于对我们的看待呢？……”一棵稚松在地上跳跃着问。

桧老人惨然的叹声：“人类看待我们，比自然，比自然还要威严。自然是轮回的，人类却是巧妙而强硬的剥夺。他们忘了他们还是长脸嘴与周身披毛的时代了！也是野兽一样，与一切的动物单为了食物而争杀。他们到现在自称为灵明的优异的东西了，可是没有我们的身体当初作他们的武器，没有我们身上的火种，他们永远只能吃带血的与不熟的食物。至于以后的进化，自然是没有的。他们撷取了我们的智慧，却永远使我们作了沉默的奴隶。嗳！严厉与自私，这是人类的历史！”

左右的老树，他们因为直立的日月太多了，都俯着首应和着老桧的伤怨的叹息。

“你为甚么这样咒诅呢？以前就听过常常说起。”生意茁壮的稚松申述它的怀疑。

“年轻的孩子！老人是好静默的，将一切过去的印象永远的印在心里，他不愿意重行印出。他为经验所困苦，所以容易慨叹；他的智慧已侵蚀了他青年的力量，只留下透明的躯体。人间不是有一些教训么？说老年是衰退，其实力量的减少任甚么都是一样。像我自然是炉火的余灰，不过这一无力量的余灰都是造成后来生命的根本。这话太笨了，总之，你以为我以前不常说这些话便认为奇怪，但是如同我一样年纪的他们便觉得不足奇怪了。我与同年纪的人都是常在沉默中彼此了解，偶然的叹息是可以证明各个的心意。话，本是不得已才用的呆笨的记号，因为又当这一次时令的使者的消息传到，便在你们的不知经验的面前说到人类……说到人类，我的诅恨竟不能免却，这实在没有十分修养的性质。”

“不，老祖父，你能诅恨便可以把它扩充到全世界中我们的同类，教给我们年轻的兄弟们，这便有力量了！”一颗更稚弱的杉树傲然的插话。

“那只是空言，只是空言罢了。他们想由诅恨而抵抗人类的残暴；想恢复你们的祖先借予人类的力量；想作自然的征服；想伸展你们的自由？孩子！你们的力量还不充分……即使充分，你们没有估计你们的智慧的薄弱，所以是空想啊！”索索颤抖的老银杏语音上有些恐怖。

“不！联合与一致是力量，也是智慧。”小松树简捷反抗的话。

“这真是孩子话，足以证明你的智慧的浅陋。你先要知道我们也如其他的生物一样，受有祖宗的血的遗传，有自然的感应的器官，也有永远不可变易的性质。所以这力量与智慧是一定的，是自然命运的支配。你想藉那点出处的智慧要指挥——或者联合同类的动作想反抗自然与人类，这是希望，但不是力量；是想象中的花朵，不是战争中的手与武器。我们在年轻如你们的时代也曾这样深切的想着。”年纪最老的古桧又恳切的说了。

左右围列的老树都凄切地发出同一的叹息。

那些幼弱的稚嫩的富有生意的小树木，也在老树的下面低低的争辩，独有挺生的小松树仍然反抗道："老祖父，你是在讲论你的哲理，哲理是由经验集成的，是时序与材料的叠积，从这里生出了观念与忖度。这在为时间淹没过的人间是藉以消磨他们的无聊的岁月的辩证，但在我们的族属中又何须呢？尤其是我们这些进出地上面不久的孩子，我们不是专为了呆笨的人类牺牲了身体为他们取得火种，也不是如同那些麦谷类的同宗兄弟经人类的祖先殷勤培植后，却为的是饱他们的口腹。——但，老祖父，我们的末运却更坏了！倒处在荒山幽谷的，也不能脱却了人类的厄害，他们用种种苛酷的刑法斩伐了我们的肢体，却来供他们的文明的点缀。我们不力求自由，即须作他们的榨取者，至少，我们应该有诅恨的力量！我们同有武器，也没有智慧么？没有智慧，也没有力量么？久远的低头我们便成了代代是被剥削的奴隶。你，想我们怎么曾有负于人类呢？"

这是有力的申诉，多少年轻的树木都引起喝啸的赞美之音，山谷中有凄风的酬和。

老树们沉默……沉默，清夜的露水沿着他们的将近枯落的叶子落下，如同无力的幽泣。

"我们要求我们力量的联合，去洗涤我们先代的耻辱！"年轻的树木因为小杉的提论，得到力之鼓舞，他们的心意全被投到辽远的愿望之中，想与不易抵抗的人类的智慧作一联合的反叛。

海岸边涌起的波涛，前消后继的向上夺争，又如同唱着催迫他们的进行的曲调。

小卖所中的氛围

托张君的福，他来回经过这“名所”的次数多，午后4时我们便由旅馆中的赵先生导引着走入一个异样的世界。

赵先生在这里作事已有十年以上的资格。青布皮衣，红胖的面孔，腮颊上的肉都似应分往下垂落，两道粗黑的眉，说话时总有“×他妈”的口语。脱略，直爽的性格，与痛快的言词，的确是一个登州属的“老乡”。一见张君便像十分相知似的，问这个那个，又要求介绍我们这两位新熟识的客人。——老先生与我——及至张君一提倡走，我就猜到他们的目的地；好在有赵先生的“老大连”，我也觉得一定有别致的地方，可以展露在我们的面前。

穿过干路麻布通后，向南走进了一个小巷，右转，中国式的三层楼入门。拾级而上，二层的门口，第一个特别现象是木柜台上有几十支各式各种料子作成的鸦片烟枪，很整齐地摆着。不同的色泽在目前闪耀。

我们骤然堕入迷香洞中了——也可叫做迷云洞中。

大厅中几张烟榻一时弄不清楚。烟雾迷蒙中只看见有许多穿长袍短装的人影在烟中挤出挤进。幸而还好，我们五个人居然占了两个小房间，这一定是雅座了。一间真小，不过纵横五尺的屋子，门窗明明是油腻得如用过的抹布，却偏是白色的。木炕上两个歪枕，两份褥子，是古式的气派，这才相称。于是精工雕刻的明灯与古色鲜艳的枪支便即刻放在当中。

赵先生的手技高明，小黑条在他那粗壮的手指上捻转的钢签之下，这么一转，一挑，向火尖一偏，一抬，那圆小的发泡的烟类便已成熟。扣在紫泥的烟斗上，恰相当。于是交换着吸，听各人的口调不同，有一气咽下去的，烟枣在火头上不会偏缺；有的将竹管中的烟气一口吞下，吃完后才从鼻孔中如哼将军的法气一般地呼出。军人与我太少训练了，勉强吸过两口，总是早早吐了好些，本这用不到从竹管中用力吸，满屋子中的香气，那异样的香，异样的刺激的味道，一点不漏地向各个人的呼吸器官中投入。沉沉的微醉的感觉似是麻木了神经，一切全是模糊的世界，在这弥漫的青氛围中，躺在窄小的木炕上便能忘了自我。一杯清茶不过是润润微干的喉咙，并不能将疲软的精神振起。

我躺在木炕上正在品尝这烟之国的气味，是微辛的甜，是含有涩味的呛，是含有重星炭气的醉人的低气压；不像云也不像雾。多少躺在芙蓉花的幻光边的中国人，当然听不到门外劲吹的辽东半岛的特有的风，当然更听不到满街上的“下驮”在拖拖地响。这里只有来回走在人丛中喊叫卖贱价果品与瓜子的小贩呼声，只有尖凄的北方乐器——胡琴的喧音，还有更好听的是十二三岁小女孩子的皮黄声调。

一会，进来了一个红短衣裤的剪发女孩，一会又进来了一个青背心胖脸的女孩。她们在门窗前立了几分钟后，一个到间壁去，我们都没的说。赵先生这时将枪支向炕上一丢，忙忙地到外边去。回来，拿着一个胡琴，即时他拉起西皮慢板的调子。手指的纯熟如转弄烟灯一样。半个身子斜欹在炕边，左手在拂弦的指头是那样运用自如，用力的接，往下一抹，双指微捺弦的一根，同时他的右手中的弓弦高，低，快，慢都有自然的节奏相应。于是尖利而调谐的音便从手指送出。手法真特别，伙计，小贩都时时掀开门窗的一边来看。一段过后，连与他熟悉的张君也大拍掌，不住的道：“好，好！唉！好指音！再来，再来。”

"不容易，难得，不曾听过这么好的胡琴。……"老先生也啧啧地称赞。

我呢，这时真觉得多才的赵先生也是个令人惊奇的人物。他是那样的质朴，爽快，一天又忙着算账，开条子，还得永恒的堆着笑脸向客人们说话；但在此中他却是一位特殊的音乐家。

赵先生将厚垂的眼皮闭着，天真的微笑，若在他的十指中在创造他的宇宙。忘记了客人也似忘记了这在那里，用劲的快乐的拉着一种一种的调子。

崩的一声，胡琴上的粗弦断了。他赶急又跑出去，回来将弦缠好，还没开始拉，便道："来哇，谁唱谁唱？"

张君向立在间壁门口的军人说："有赵先生拉，你来几嗓子。"

"不行，我喉咙痛。"

老先生还在炕上烧烟，十分高兴地道："还怕甚么，到这里来原不是讲规矩的。爱怎么办就怎么办！你还怕羞？干么！"

"还是老先生，痛快，痛快！"赵还没拉动胡琴，却向张君问，"可是这老先生以前的贵干还没领教。"

"唉！这也是位老风流名士呀！两年前他还在作科长呢。你别看他有胡子，一点也不拘板。……"

"是，是！倒是痛快。唱呀！"他将弦调好，向军人等待着。

军人终是摇头不唱。

"大荣，叫大——荣——来啊！"赵先生这时才实行他的政策。一会那方立在门口的红衣女孩进来，将一个绸面纸里油垢的戏目折递给我。我略一展视，看到许多老生小旦的旧戏名字，便递与在我身后边坐着的张君。

"说说，点甚么戏？"

张君看了几分钟道："好多，会唱这些。随便随便，赵先生，你熟，随便挑一出不完了。"张君态度颇见兴奋。

还是那个女孩子自己说了："坐宫吧？"

在几个人一同说“好”字的口音之下，慢板的胡琴与她的十字句的戏词同时将音波颤动。

她的过度的高音使她不得不将双肩屡屡耸动，每到一句末后的拖长而激亢的音时，我看她实在吃力。大张开嘴，从小小的喉中发出这样要够上弦音的调来。头上的披发一动一动地，她那双美丽的大眼直向灰黑色的墙上注射出急切的光亮。听到，“我好比浅水——龙，困卧……在沙——滩”一句，我替她着急；同时心中也有些不自知的感动。觉得我们在这奇异的世界中是在买沙滩中的没有一点水的小动物的把戏看！……门窗外来回瞧热闹的人不少，就是卖果品的小贩也时而停留住听这不甚调谐却是引人来听的戏词。

一曲既终她背了两手立在门侧休息。大家自然是喝彩了。张君问过她才十四岁：“好啊！以后一定有出息，听听调门真不错！”

本来可以让她休息了，但赵先生还在调弦，而这瘦清的孩子眼巴巴地仍然希望再唱。这是为甚么呢？我有点明白，但我的凄感却咽在心头，没有话可说。接着又叫了她的妹妹来，一样是个大眼睛面目聪明的孩子，比她还低一头。于是汾河湾的生旦戏便由这两个孩子当作久不会面的夫妻连唱起来。

神采十足的赵先生合了双目在玩弄他熟练的手法，两个粗亢与低细的口音不断的唱，说白，时间不少，约有一刻钟方才止住。这时我换了十个角子，便赶紧交与那大孩子。张君还争着要给她，末后终算是我会了钞。在听众的赞许声中，可怜的女孩欢跃而去。但她一起一落的肩头远如影片一般在我的目前。当她用皱皮的疲手来接这十个角子时，我真觉得由我的手上将“侮辱”交给她了！

这是平常、平常不过的事，在这“劫外桃源”的地方是中国人的相当娱乐。香烟中的半仙态度，性的糟践的生活，甚么都不管的心思，这是这地方暂时的主人的教条。好好的自加学习，这桃源中准可允许有你的一个位置，这是我们从一瞬间得来的反省。

有点头晕了，这奇异的世界不能久留，便一同走出。在楼门口等待着后行的赵先生，还不来，那位青年人望着门口的铜牌子道：“这楼上还有饭馆哩，看这小卖所。”

张君轻藐地道：“方才吸的玩意还不是？这一市中多少挂了这样牌子的地方，如你愿意进去，保吸不错。真是乡下人，还有卖饭的在上面哩！”

军人方有点恍然。

及至我们走到大街上，也没看见赵先生的影子，都说他又不知在那云雾中办甚么交涉了，便决议去逛浪速町的夜市，不再等他。

当我们由日人的百货商店走回旅馆到自己的房间中时，赵先生却跳了进来道：“好找，好找，我出来连你们的后影也没瞧见。……”

“我们以为你与那小姑娘打交涉去了。”张君答他。

“可不是，她娘也在那边的烟炕上吸烟。那孩子因为给了她一块钱，欢喜的没法子，拖住我再去吸两口，我去说几句话后便出来，迟了。”

原来他与她们都很熟悉。

“应分是一出戏多少钱？”

“四角小洋。”

“谁养着她们？”我在问。

“一个女老板弄上几个小孩子，教得会唱了，便做这宗生意。大一点也可送到窑子中去。”赵先生上楼气喘，只说到这里。

一会下面有人喊他，他又笑着招呼我们几句，匆匆地跑下楼去。

青 纱 帐

稍稍熟习北方情形的人，当然知道这三个字——青纱帐，帐字上加青纱二字，很容易令人想到那幽幽地，沉沉地，如烟如雾的趣味。其中大约是小簟轻衾吧？有个诗人在帐中低吟着“手倦抛书午梦凉”的句子；或者更宜于有个雪肤花貌的“玉人”，从淡淡地灯光下透露出横陈的丰腴的肉体美来。可是煞风景得很！现在在北方一提起青纱帐这个暗喻格的字眼，汗喘，气力，光着身子的农夫，横飞的子弹，枪，杀，劫掳，火光，这一大串的人物与光景，便即刻联想得出来。

北方有的是遍野的高粱，亦即所谓秫秫，每到夏季，正是它们茂生的时季。身个儿高，叶子长大，不到晒米的日子，早已在其中可以藏住人，不比麦子豆类隐蔽不住东西。这些年来，北方，凡是有乡村的地方，这个严重的青纱帐季，便是一年中顶难过而要戒严的时候。

当初给遍野的高粱赠予这个美妙的别号的，够得上是位“幽雅”的诗人吧？本来如刀的长叶，连接起来恰像一个大的帐幔，微风过处，干，叶摇拂，用青纱的色彩作比，谁能说是不对？然而高粱在北方的农产植物中是具有雄伟壮丽的姿态的。它不像黄云般的麦穗那么轻袅，也不是谷子穗垂头委琐的神气，高高独立，昂首在毒日的灼热之下，周身碧绿，满布着新鲜的生机。高粱米在东北几省中是一般家庭的普通食物，东北人在别的地方住久了，仍然还很欢喜吃高粱米煮饭。除那几省之外，在北方也是农民的主要食物，可以糊成饼子，摊作煎饼，而最大的用处是制造白干酒的原料，所以白干酒也叫做高粱酒。中国的酒类性烈易醉的莫过于高粱酒。可见这类农产物中所含精液之纯，与北方的土壤气候都有关系，但高粱的特性也由此可以看出。

为甚么北方农家有地不全种能产小米的谷类，非种高粱不可？据农人讲起来自有他们的理由。不错，高粱的价值不要说不及麦，豆，连小米也不如。然而每亩的产量多，而尤其需要的是燃料。我们的都会地方现在是用煤，也有用电与瓦斯的，可是在北方的乡间因为交通不便与价值高贵的关系，主要的燃料是高粱秸。如果一年地里不种高粱，那末农民的燃料便自然发生恐慌。除去为作粗糙的食品外，这便是在北方夏季到处能看见一片片高杆红穗的高粱地的缘故。

高粱的收获期约在夏末秋初。从前有我的一位族侄——他死去十几年了，一位旧典型的诗人——他曾有过一首旧诗，是极好的一段高粱赞："高粱高似竹，遍地参差绿。粒粒珊瑚珠，节节琅玕玉。"

农人对于高粱的红米与长杆子的爱惜，的确也与珊瑚，琅玕相等。或者因为这等农产物品格过于低下的缘故，自来少见诸诗人的歌咏，不如稻，麦，豆类常在中国的田园诗人的句子中读得到。

但这若干年来，高粱地是特别的为人所憎恶畏惧！常常可以听见说："青纱帐起来，如何，如何？……""今年的青纱帐季怎么过法？"因为每年的这个时季，乡村中到处遍布着恐怖，隐藏着杀机。通常在黄河以北的土匪头目，叫做"杆子头"，望文思义，便可知道与青纱帐是有关系的。高粱杆子在热天中既遍地皆是，容易藏身，比起"占山为王"还要便利。

青纱帐，现今不复是诗人，色情狂者所想象的清幽与挑拨肉感的所在，而变成乡村间所恐怖的"魔帐"了！

多少年来帝国主义的迫压，与连年内战，捐税重重，官吏，地主的剥削，现在的农村已经成了一个待爆发的空壳。许多人想着回到纯洁的乡村，以及想尽方法要改造乡村，不能不说他们的“用心良苦”然而事实告诉我们，这样枝枝节节，一手一足的办法，何时才有成效！

青纱帐季的恐怖不过是一点表面上的情形，其所以有散布恐惶的原因多得很呢。

“青纱帐”这三个字徒然留下了极淡漠的，如烟如雾的一个表象在人人的心中，而内里面却藏有炸药的引子！

1933 年 7 月 4 日

蜀黍

收拾旧书，发见了前几年为某半月刊上所作的一篇短文，题目是“青纱帐”。文中说到已死去十多年的我的一个族人曾为高粱作过一首诗是：

高粱高似竹，遍野参差绿。

粒粒珊瑚珠，节节琅玕玉。我再看一遍，觉得那篇文字专对“青纱帐”这个名词上写去，对于造成青纱帐的高粱反说得较少，所以这次另换了“蜀黍”二字作为新题目，重写一篇。

在北方的乡下看惯了，吃惯了，谁也晓得甚么是高粱。不待解说。但不要太看轻了，只就它名字上说起来，便有不同的说法。不是么？“秫秫”是乡下最通俗的叫法，甚么“锄几遍秫秫，打秫秸叶，秫秫晒米了”。这些普通话，按着时候在农民的口中准可听到。“高粱”自然是为它比一切的谷类都高出的缘故，不过“粱”字便有了疑问。曰谷，曰粱，曰粟，统是呼谷的种种名目。“粱”，据前人的解释是：“米名也，按即粟也，糜也，芑也，谓小米之大而不粘者，其细而粘者谓之黍。”不过这等说法是不是指的现在的高粱？原来中国的谷类分别为九：黍，稷，粱，秫，稻，麦，菽，麻，菰。不过这里所谓“粱”即糜与芑，小米之粗而不粘者，与“秫秫”无关，而所谓秫者是否是高粱，也是疑问。为要详辨那要专成一篇考证文字，暂且不提。不过习俗相沿却以高粱的名称最为普遍，好在一个“高”字足以代表出它的特性，确是很好的形容词。

但是“蜀黍”从张华的《博物志》上才有此二字的名称，原文没说那是高粱，后来有人以为蜀黍即是稷。直到段玉裁《说文解字注》方把从前所谓蜀黍即稷说加以改正，他说：“汉人皆冒粱为稷，而稷为秫秫，鄙人能通其音者士大夫不能举其字。”以前全被秫，粱二字混了。蜀黍即秫秫（高粱），却非黍类；高粱是俗名亦非粱类。黍粒细小多黏性（亦有不粘者），而“餍膏粱”之粱字，必不是指的秫秫这类乡间的粗食。礼记曰：“粱曰芗萁。”国语曰：“夫膏粱之性难正也，注：食之精者。”这是指现在所见小米之大而粘者，与秫秫当然不是一类。蜀黍二字在古书中见不到，朱骏声曰：

> 今之高粱三代时其种未必入中国，亦谓之蜀黍，又曰蜀秫。其实与粱，秫，黍，稷均无涉也。

朱氏虽然没考出高粱究竟是甚么时候有的这种农产品，而与“粱，秫，黍，稷均无涉也”，可谓一语破的。

如像此说法何以称为蜀黍？或是由蜀地中传过来的种粒？但没有证据，只是字面的推测，自然有待于考证。

乡间人不懂这些分门，别类，音，义兼通种种名词，不过习俗相沿，循名求实，亦自有道理。譬如“种秫谷”二字连用可以单呼为秫。至去谷呼高粱，则必凑以双音曰秫秫。谷成通名，亦为专名，如“五谷”，“百谷”，虽与乡下人说此，亦明其义。如“割谷，硒谷，粜谷”是专指带糠秕的小米而言，其实便是“粱”。至于秫字指高粱必须双用，曰秫秫，不能单叫一音。有人说是北地呼蜀黍音重，即为秫秫。是吗？蜀黍果然是原来传自南方吗？这却又是一个重大的疑问。

好了，由青纱帐谈到高粱；由高粱转到蜀黍，再照这样写下去真成了植物考证了。不过因为习叫久了的名称与字义上的研究微有不同，所以略述如上。

单讲高粱这种农产食物，我欢迎它的劲节直上，不屈不挠；我赞美它的宽叶，松穗，风度阔大；尤其可爱的是将熟的红米迎风贴动，真与那位诗人所比拟的珊瑚珠相似，在秋阳中露出它的成熟丰满来。高粱在夏日中的勃生，比其他农产物都快得多多。雩娄农说：

久旱而澍则禾骤长，一夜几逾尺。

虽曰文人的形容不无甚词，而高粱的勃生可是事实，几天不见，在田地中骤高几许。其生长力绝非麦，谷，豆类所能比拟。

高粱在北方不但是农家的主要食品，而且它具有种种用处：如秫秸与根可为燃料，秫秸秆可以勒床，可作菜圃中冬日的风帐，秆皮劈下可以编成贱价的席子，论其全体绝无弃物。

高粱米吃法甚多：煮粥，煎饼，与小米，豆子相合蒸窝窝头。而最大的用处是造酒，这类高粱酒在北方固然是无处不通行。而南方亦有些地方嗜饮且能酿造。如果有细密的调查便知高粱除却供给农民一部分的食用外，造酒要用多少，这怕是一个可惊的数目！

粗糙是有的，可颇富于滋养力。爽直是它的特性，却不委琐，不柔靡，易生，易熟，不似别的农产品娇弱。这很具有北方性。与北方的地理与气候特别适宜。它能以抵抗稍稍的亢旱，也不怕水潦，除却大水没了它的全身。

记得幼小时候见人家背了打过的秫秸叶，便要几个来拿在手里，摹仿舞台上的英雄挥动单刀，那长长的宽叶子确像一把薄刀，新秫秸剥去外皮，光滑，红润，有一种全紫色的尤为美丽可爱。

至于不成熟的高粱穗苞，名叫“灰包”。小孩子在其嫩时取下来食之甘脆，偶然吃着成熟过的，弄一嘴黑丝，或成灰堆，蹙眉下咽，亦多趣味。

但是这在北方乡下是很平常的小孩子的玩具与食品，同都市的孩子们谈起来却成为“异闻”了。

火　星

把蓝呢制服上的纽扣全解开，一股向晚的凉风扑入胸中，他觉得灼烧在心头中的烈火到这时略略地平息一点。倚着大道旁的洋槐树，看着几十辆的人力车正在东站门口抢着拉座，他们赤了脚，破烂的号衣，与新雨后的泥地道旁的垃圾映合着，完全显出一幅破败污乱的构图。西方，被淡霞收了去的落日，在混茫中还留着余晖，反映着车站钟楼的尖顶。大钟的白面孔上，黑针恰好指着六点一刻的时间。

额上偏右边连到眼角，突起了一个肉疙瘩，比核桃还大，颜色有点儿青。两眼中全是红丝，仿佛他吃过过量的酒。然而他这时并没用手去抚摸过一下额上的木棒伤，也没曾用手绢擦一擦熬痛的眼角，他完全沉迷于寻思中了，但找不出一点头绪。眼前的各种东西对自己都变成刻毒的嘲讽，它们仿佛都有话对自己说，那荡着乱云的天空，飞尘中的绿树，丑恶的大建筑物，黑骨架的桥梁，甚至是一条游丝，一只蝇子，一片片被人践踏过的水果皮壳。

"你这条无用的弱种！该打的×国奴！……哈哈！……谁教你偏吃这碗饭？……"

耳朵内嗡嗡的全是这相仿的叫声，那明明是讥嘲，是侮辱，是再燃起他心头上的火焰。

“×国奴！……”他用劲咬了咬牙关，索性把制服由两个肩头上脱下来，露出如水浸的背心。

他毫不疑惑地断定自己——断定自己被四周来的嗡嗡的嘲讽并不是过分！一刻钟以前的事，摆在眼前，如果还是……能替这么一个小职员作主，或是还为这一片土地作主，不应该在他的眼前变成那等的怪象？

不愿意回想，但那怪象清清楚楚地在他的身旁重演起来。

麻袋包，布包，绳子，铁片捆扎得十分在行，而且有的包件上明明是打了印子。——货物的出发地，甚么洋行收件……可是报关的单据没有，海关上的印记没有，只有宽体的××字在货件上作得意的微笑。……特别短小的西装，拖屐，宽袖的大衣，还有白手巾包头，或带大竹笠的人们，一群约摸有四五十个。他们的胸前裤带中凸凸的，不知另外藏了些甚么。……拖！一阵风似的指挥着苦力要把货件从三等车中往下拖！苦力们为了每件的工资，本来是出卖劳力，要往前去，但到东站的木栏时，他们却迟疑起来。不是怕甚么，因为那一群已经在东站的巡逻警士身旁，与站长室左右分布开警戒线，苦力们知道不会为替他们卸货被抓，但甚么力量，使他们迟疑了？虽然来了这一批的好买卖，每人可多捞摸几个。

以后是咒骂，喧叫，夹杂着中国的下流话，似是恨着站上人员不给他们出力与苦力们不肯向前。

自己的头目与站长一例穿了制服，很有礼貌的挨到那一群中间，讲章程，索证据，并且头目还把官衔片与公事堂皇地给他们看。

又一阵叫嚷，并且有许多嗤嗤的笑声，接着蜂一般的拥到站长室的电话处，接线，叫人，并不理会那恭谨的礼貌与楷体字端端正正的新官衔片。

自己——一个渺小的新职员，随在里边，话不能讲，讲也无用。头目的金边眼镜片上被尘埃蒙罩得看不清，他取下来用花边手绢擦一擦，藉以表示镇静。口里只是喊着：

“不成，不成！得讲规矩，这儿是新设的‘缉私处’，不能放没报关的货物出站。……上税，上税！”

但是不要说给那一群人听，连沿站上挺腰立正的路警们也动了嘴角，有的互相瞪眼，称量称量这位新官员话的分量有多重？他们也不止几十位，一色的武装，子弹袋，刺刀，肩上的步枪，那样也不少，可是他们只好安安静静站在一边，直瞅着这场怪剧的收场。

只自忙坏了站长与新头目，一会吩咐手下的小职员与站役，一会用低语商量什么，但没人理会。于是头目的眼镜又取下来擦一次，他的白皙的上额有冒着热气的汗珠。

站长的肥重的身体走不快，把金箍的平顶帽拿在手里，权当作蒲扇。"甚么！大大的不讲理！××又有关？……关的没有！从天津来过关……不放走……哼！……等等看，甚么的！……私处……甚么？"

生硬的中国话在人丛中喊起来，他们的一群中立时起了呼应，吵成一片。

苦力们也是一群，如鬼影似的挤在木棚一旁，站长与工役向他们摇手。

警士们每隔五六步沿站台与站口分布开岗位。

中间，在停下的货车旁，那衣服不同的一群叫骂，吵词，有的便在站长室里发咆哮。

自己与几个同事东看看，西看看，如热锅上的蚂蚁，简直不知道怎么样才好。偶然触目到衣襟上的符号，一阵热从脚底下往上腾。

后来，有四五个黄呢军服带了红箍帽的××领署的警察来了，神气十足。站长与自己的头目都像盼到了救星，拖着疲乏的脚步凑到人家面前，照例先由头目述说了一套章程。为的缉私的责任，他不能放这些没曾报关的货物运出站去。末后，他又恭维了几句甚么。

"贵国也有税关，也不准国外的货物走私，漏税。这是每个文明国家的通例呀！"

头目在新官场中也颇有资格了，话说得圆款，虽然在急遽中他还想利用自己的外交手段消解这逆来的困难。但是来的黄衣人中间有一位高个，留了威廉须，他向头目的合体西装狠狠地看一下，似乎不愿听这些啰唣话，摇摇头。

“这……这……是有公事的，因为私货太多，政府在这里新设的缉私处！”

他觉得非捧出能替自己保镖的文件来不可了，他早计划得周密，从上衣的内袋里把那新印着鲜明朱色篆字关防的纸套递过去。威廉须的高个子接过来微笑了，对他的同伴们咕噜了两句。从套内抽出一叠印就的纸单，他正在望下看。

旁边的那一群强人又闹起来，有的跺脚，有的指着站长与新头目大声狂叫。这高个子迅速地把纸单揭了两揭，顺手向站长室中的地板上丢下去，毫不在意地，对恭立在身前的两位中国的负责者斜了一眼。

“哼！——规矩？我们不懂！××地方向来不设海关，缉私名目倒不错……货物由天津来……你们的火车运来……那里怎么能来？……不放走，上税？中国人要钱的大大的有！……”

接着他的同伴对那一群也高声说了几句，同时随了威廉须的高个子退到站台的出口。

他们手握着短刀的把子，有的还摩抚着腰中的手枪皮匣。

大叫着。那一队强人强拉了十几个苦力拥到车辆前，用中国话迫着他们向下卸货，只听见“脚力……钱，有……多给。”

苦力们不下手，他们有木棒，耳刮子，皮鞋尖在后面督队。

于是纷乱的局面开始了。

护路警与站上的员工互相望着，不得上官的命令那能乱动，仔细被人打破了头或者还得撤差？那站长白胖的圆脸一阵红上来，气，急促地喘着，立不住，扶着木栅栏直是摇手。

新头目知道这事件立刻要攻倒自己地位与威权的，他搓搓手，顾不得从地板上捡起公文，便勇猛地跳出来到那一群的中间，自然，他的几个小职员也不得不随他上前。

劝，当然没人听，一共几只手拦不住他们的横冲，直撞。纷乱中，吵叫，怒骂，手脚的挥动，新头目已被人用力推到铁轨上，沾了一身泥土。

而几个小职员也败下阵来！差不多人人有一份纪念的伤痕。

不到二十分钟，那两个车装的几十件大包货物全搬出了站门，预备好的运货汽车装载了去。马路上塞住了注目的群众，维持治安的黄衣警只忙着用藤条向阻碍大道的行人身上抽。

站门口石阶下，两列护路警，还有臂上缠着红布条黑字的几个特务兵，照例每有下车的客人，查私货是他们的专职。

但这一批的大包件在一队强人的簇拥中，打开木栅栏的偏门，从护路警与兵士们身旁运走。

除却强人们高叫着泄泄余威，谁都呆立一旁，装做沉默。实在，他们的心头上都燃烧着激怒的火焰，就是被迫着替强人们装卸货物的苦力，虽然末后收到几十个铜板，也知道每个铜板上打着耻辱的印记。

这方演过的一场怪剧是那末详细地在朦胧的眼前重演一遍。他记得自己被压在几个强人的身下，肋骨像被打断似的，好容易从皮鞋底下挣扎出来，想随了同伴们退出重围。没走及，迎头飞来一木棒，幸而没打中正面。但那时自己也不顾生命了，一股硬力迫着，闪过去拖住那执木棒的一只手，向人丛中奋力摔。接着便跳过铁轨，往大桥下躲去，好在那一群已经得了胜利，先忙着卸货，没有追来。

斜路口上，一只瘦弱的黄手拖着一辆笨木车，缓缓，无力地走来，车上是用苇箔遮住的干粪便的肥料，车夫老了，鼻涕在花白胡子上滴答着，两个闲逛的，破帆布鞋，灰褂子的军人，唱着："姐儿呀，姐儿呀"的山歌，由身后的小树丛中转过去，还有挽了小黄抓髻乡间来的逃荒女孩子，提着柳条筐到处想拾东西。……老车夫，军人，女孩子，从他身旁经过都向他望望，仿佛他在这大道上已经插潦草标出卖着他的身体与灵魂，惹得人人对他行一个注目礼。

他索性把制服完全脱下来，搭在臂上，他不怕路人的注视高傲地向大道的一端走去。他不知要走往那里去，只是觉得眼前有若干火星直跳！

湖滨之夜

经过城市，乡野，水程与沙漠，这个养在笼子中的鹦鹉随着她的女主人到了东非洲的一个湖滨。

她被主人挂在主人寓房走廊的窗前，窄窄的，用铁片搭成的走廊是俯临着这著名大湖的湖滨。湖位置在由火山爆裂而成的裂断山谷之中，不远，便有几万尺高的险恶的群山。

虽然湖是在山谷的中央，但面积很广，碧绿的浮上一层热气的水面，映着几个突出山峰的倒影。湖边满是高大纷披的热带植物，阴森蔽日。间或看得见土人的木屋错落于植物中间；说是木屋，却完全是用大树的枝子砍下来编插成的。屋顶上的草皮映着太阳分外有光。由湖的高岸向通平原的路上去，那些小屋子如缀星似的合成小小的村落，斜阳中可以看到三个两个周身裸露，头上油腻腻地的黑人在他们的木屋旁边工作。

虽是久于旅行的鹦鹉，骤然到了这个异境也使得她感到局蹐不安！她听过女主人与别人的谈论，听过读出的那些探险小说的怪事，她也在动物园中听过同伴们叙述黑人们的蛮野，与走兽水族的厉害。现在，她俯瞰这一片深深的湖水，遥望着毫无礼仪与文明社会隔绝的土人，她觉得身上美丽的羽毛有点往上竖！天气怎么热，却像中了寒疾一阵阵地不自在。她一切都明白，主人敢到这个地方来自然是有他们的文化武器保护着，不会有甚么危险，但心理上的忐忑不安任凭有一队会用新式器械的兵士围在旁边也消灭不下。

在所谓文化的训练之中她变成了一个外貌高洁悠闲的小姐。那怕是一点小事，她会把两只臂膀直挺挺地伸到小肚子下面，两只手紧紧握着，喊一声："我的天爷爷！"或者，旋转过柔软的腰肢，扬起双手向后斜伸，正好等待一个侠士从身后大步飞过来，一把把她搂在有力的铁臂之中。这才是合格的姿式。她虽然在平常时候也摹仿女主人的动作；拳拳爪子，扭回脖颈剔刷着翎毛，自觉得一举一动都是表现着自己曾受过高贵文化的教养。不过，这时她呆呆地立在踏棍上向前直看，心老在跳动，一点点悠闲的款式做不出来了。

窗子中女主人与房东纵谈着疲倦的夜话，在白烛光下饮着剧烈的酒汁，慰藉他们的寂寞。几条高腿的猎狗在门口蜷伏。酣眠。

这时已是黄昏后了。

星星在湖水上面耀动晶光，虽是夜空，而淡蓝色的天幔还可约略映出如珍珠的大小星星嵌在上面，可惜没有月亮。……但鹦鹉一转念反觉得她来的机会恰好，如果有皎洁的月光，那末湖面与湖岸上的一切东西都看得见，她将一夜不能安眠。

在暗中她动也不动，很想赶快入梦，忘却了这异地的恐怖，等到天明好再随主人他去。

不久，屋子里的烛光灭了，主人早已休息，却把她孤零零地放在外面。

"为甚么不怕我被这里夜间的大鸟拿了去？却忍心地丢我在空虚的廊檐上呢？……"她乖巧地想着引起孤独的微怨，她想向来是提携保护她的主人怎么到了这个蛮野怪异的地方也失了常态？

四围望望，一点的火光没有，空中的星光映在荡荡的湖面上，像一匹发亮的黑软缎罩住一个悍妇的前胸。连热风也不吹动，许多散披的下拖的如自己尾巴样的植物叶子，寂静中不作声响。湿雾在湖面，山峰，草地，泥沼上到处散布，霉湿中挟着腥凉的气味。她在大笼子中怎么也不能安睡，一种抖颤潜藏于她的周围。

她对于自己弱小的生命与美丽的身体向来是谨慎惯了，觉得一到这毫无现代人文化的地方，为了忧愁起见，她虽然想到睡眠，也想到提防突来的灾害。

“嘘！……嘘！……”接着廊下的水面上有一种激动的闷声。

她不自主地跳了一跳，周身像触了电流，没敢往下看。

“嘘！……嘘！……”这次的声音更大了，而且十分相近。明明是一个生物的粗蠢的气息，与在水中转动他巨大躯体。

她到这时才敢向下窥探，甚么也看不出，只是走廊前壁直的石岸下有一条粗大的黑影在水面上蠕动。再待一圆，藉了星光方看出一个尖长的巨口，露出上下两行尖锐的白牙暗中发光，却看不见这怪物的鼻，眼。

她竭力端详，一个喜悦的回忆增加了她的勇气！她记起这个怪物的形象与她在“文化大城”的动物园中所见的鳄鱼一样。并不是甚么妖怪与有神秘本领的异物。她有不少次的经验，随了女主人和主人的朋友在那些专门豢养生物的大园子里，曾与这些“丑类”见过面。人家给他们专用玻璃搭成的温室，无论甚么时候要保持相当的温度，掘成水池，栽植上热带的植物，池边用栏子围绕着备人观览。她常常笑那些“丑类”，如同黑人们能够住在有水门汀，地毯的大房中一样，都是人家的提携，他们方能享受这样的幸福，方能懂得甚么是物质的文明。看，他们有时仰起头来等待园中工人给他们按了定时喂养的食物，他们是那样的安静与和平，这与安享那些大城市中的文化赐予，而变化了他们的蛮野与原始性的……一个样。

她想起这些光景，忘记了目前所在的是甚么地方。她娇呻一声，出其不意地向水中那个“丑类”打几个转身，向空中喷出水的腥沫——冷湿的水沫沾湿了她的羽毛。

仿佛触动了她自以为是的文化的尊严，她以向来的经验知道这些“丑类”并没有腾空，传电的本事，左不过凭了他们的爪，牙寻捕食物，何况这个石岸有几十尺高，又是十分光滑，“丑类”们是爬附不上的。她摹仿着主人高贵的音调说：“你，这无教化的东西，只可在没人到的臭湖里自己得意，对于客人却这么毫无礼貌！……你懂得？你的同类们受过文化民族优遇的……啊！多末娴雅，多么安静。……”

她还想有一篇完美的劝说，没等说完，突然，下面的“丑类”发出呵呵的笑声，把两行白牙左右摇磨着道：“贵客——娇柔的贵客！我们不曾学习过有文化的招待礼仪，我们更不想向你们谄笑。不错，这湖水臭得可闻，可是既然到来，你便当享受！我的同类……哎！哎！不像你的同类一样？——其实就说你吧！你自然懂得这些。因为受过所谓文化民族最好训练的，你是一个。我的同类受豢养于小小池里，与你，在这玩物的笼子里正是合宜的对照！华贵的小姐，你到处找面镜子照着修饰你的美好的羽毛，取悦你的主人，这是你的荣耀。你也提甚么教化，比较蛮野与文明，我的小姐，我佩服你的聪明——可惜像这样的聪明在我们这里却没处夸耀。”

鹦鹉想不到这丑东西居然敢对自己争辩，而且敢说出这些愚昧的话，她想不用道理把他折服，损失了自己的身份。她啄啄翎毛记起了一段深沉的道理：“……说来你不容易明了，可是为了上帝——我的圣主的缘故，我不能不告诉你。你明白？甚么是一切生物的‘生之享乐’？如果社会生活没有相当的集合的正义观念，没有高尚道德感情的发达，那永不会有进化的可能，也永不会达到‘人之享乐，的目的。都像你们这些丑类在这霉湿的地方自生，自灭，沾不到一点点的文化，多可怜！环境把你们长久蒙蔽在盲目的窟穴里，不懂得生，不懂得进化；不懂得群体生活；不懂得高尚的道德，情感。”

“咦！你说教的心太热了……我替你增加上一句，不懂得取媚的方法与向有势力的主人投降的技能吧……”

“哟……你虽然冥顽不灵，虽然与有文化的及善意劝告的言语为敌，可有甚么用？……第一：历史的记录最可称颂的是互助和献身于同类的勇敢行为。第二：需要结合各个的力量，能够共同地作‘生之享乐’，向进化的大道上走去。这些事都得先进的同类诱导那些还在蒙昧中的族属，使他们晓得生之道理，与‘生之享乐’的真趣。因此，便需要服从与克服的忍耐！假使你们还是互相虐杀，互相吞食，永远是石头的心肠，不懂得甚么是高尚的同情与互助，强横地拒绝文化的指导，那么是甘心自居于丑类，不能了解人家开化你们的苦心。好！……凡是冥顽到这样不可理喻程度的，与你们的黑主人一个样，漠视进化的机能，不服从文化力的指导！……”

她把听来的这些强有力的学说在暗夜中得到宣扬的时机，对这久处于湿热湖水中的鳄鱼装作慨叹，惋惜的态度，巧妙地尽说不休。但那个“丑类”听到这里再没有忍耐的可能，便在水中蹿了蹿他那笨重有力的身体，向高高韵廊檐上大声叫道：“你也讲互助，讲献身的勇敢行为，还有结合的力量，还要教我们都懂得生之道理与‘生之享乐’？……好一些贴金的言辞，你正不愧是有文化的娇贵主人家豢养的一只小鸟！对！我们也盼望有甚么善意的文化启示我们的蒙昧，感化我们的冥顽，可是如果我们各个尽着向聪明的窟窿中求见天日：——他们羡慕你所说的娴雅与安静——总之，我们整个儿要失去我们那点‘硬劲’！恐怕就剩下了在那些好看的园子中被当作玩物，与供你们作研究资料的同类了！‘不是？离开你们那毒恶的巢穴，供献上你们不会使用的土地，这是进化的公例，应该让给有文化的族类开发，利用——享受！’于是，奴隶杀戮，饥饿，便是蒙昧的我们的报偿！……你这利齿尖嘴的小姐，不必替我们担心，我们不敢领受你们口头上的文化指导，我们更没有同情于被人灭亡而还自附于高尚道德的那样奴性。……在这里，我们有的是顽强的力量，为保护我们的族类，为不受文化那个好听名词的撒谎，我们要以血腥同你的主人们搏斗！自然没有那些乖巧，我们也明白许有不幸的结果，可是净等着作奴隶的层层教训，对不起，是个生物他便不容易有那么大的耐性！”

“嘘！……嘘！”

这“丑类”藉着鼻孔中喷出的水沫，发泄他的愤怒。有力的腥水点直向鹦鹉的头上射落，她一阵冷颤，不由得扑动翅膀在笼子中作了一个反身。可使她虽欲与这可恨的东西争斗也飞不出笼子去，何况她方在顾惜自己周身有光泽的红红绿绿的羽毛呢。

但是，她转念到早晚这片土地与这样的“丑类”一定会被她的主人们征服，即使在这一时她受到侮辱，可以图报复于未来，她不禁心上宽慰了好多！她重复安然立在笼子中间，用满不在意的口气道：“你只是有这份蛮野的本事与不自克服的强辩，好，我们看，等待着你的未来！”

“未来？……”鳄鱼摇摇头：“好，就是等待未来吧！像我们要与人拼命的‘命运’自然不必争论了，可是你的主人们，与你们这些伶俐的小鸟儿也未见得能够长久保持未来的强横命运吧？”

他们相去那么远，既无从争斗，而话的是非到此地步更没了转圜的余地，于是彼此都默不作声。

他们都是等待未来的教训——他们在昏暗中互相嫉视着！

一个骄傲而又恐怖地关在人家的笼子里，一个却浮游于蒸热的湖水中，仰天吐气。

夜深了，湖上隐约地浮罩着一层淡淡的银光，在高大的热带植物的密丛后面，初升起了微眩着虹彩的明月。

夜　行

夜间，正是萧森荒冷的深秋之夜，群行于野，没有灯；没有人家小窗中的明光；没有河面上的渔火；甚至连黑沉沉地云幕中也闪不出一道两道的电光。

黑暗如一片软绒展铺在脚下面，踏去是那么茸茸然空若无物，及至抚摸时也是一把的空虚。不但没有柔软的触感，连膨胀在手掌中的微力也试不到。

黑暗如同一只在峭峰上蹲踞的大鹰的翅子，用力往下垂压。遮盖住小草的舞姿，石头的眼睛，悬在空间，伸张着它的怒劲。在翅子上面，藏在昏冥中的钢嘴预备着吞蚀生物；翅子下，有两只利爪等待获拿。那盖住一切的大翅，仿佛正在从容中煽动这黑暗的来临。

黑暗如同一只感染了鼠疫的老鼠，静静地，大方地，躺在霉湿的土地上。周身一点点的力量没了。它的精灵，它的乖巧，它的狡猾，都完全葬在毒疫的细菌中间。和厚得那么毫无气息，皮毛是滑得连一滴露水也沾濡不上，它安心专候死亡的支配。它在平安中散布这黑暗的告白。

群行于野，这夜中的大野那么宽广——永远行不到边际；那么平坦——永远踏不到一块荦确的石块；那么干净——永远找不到一个蒺藜与棘刺刺破足趾。

行吧！在这大野中，在这黑暗得如一片软绒，一只大鹰的翅子，一个待死的老鼠的夜间。

行吧！在这片空间中，连他们的童年中常是追逐着脚步的身影也消失了，没有明光那里会有身影呢。

行吧！需要甚么？——甚么也不需要；希望甚么？——甚么也不希望。昏沉中，灵魂涂上了同一样的颜色，眼光毫无用处，可也用不到担心——于是心也落到无光的血液中了。

也还在慢行中等待天明时的东方晨星么？谁能回答。不知联合起来的记忆是否曾被踏在黑暗的软绒之下？

回　声

他为寻找甚么是在诗人心中的秘密与光明，走过了许多地方。

繁盛，嚣杂的大城，冷静，幽僻的村落，没人到的峡谷，不见天日的密林，温暖的田野，峭立的山峰，凡是他用脚踏过的地方，与眼看到的耳听到的一切东西，他都加意而真诚地去寻求过。

辛劳的绳索缚住他的身体，忧郁的网包络了他的精神，但是诗人心中那两个伟大的意境呢？他没曾找到。

在各处的旅途上他开始诅咒着诗人；又诅咒着自己受诗人伶俐的欺骗，受尽苦恼，却又花费去人生本来的很短很短的光阴。

他渐渐失望了！

有一天正当秋初。

疲乏不堪的脚步，在薄暮时，把他拖到一处靠着群山的沙滩上。沙滩的下坡展开在眼前的是一片淡墨色而起伏着银线的温柔海面。她也一样是在疲乏中躺着休息，经过火灼般盛夏的阳光，经过剧烈的风暴——熏蒸与颠荡，还有地母的喘哮，虽是有宽广胸怀的她在这个平静的黄昏中，如同一个善于竞技的少女当用力挣扎后，只能张口伴着轻松的呼吸。

山头像奇伟的巨人，丛树便是他的垂发，把有力的拳头抱在胸前，静默中低头注视着这倦卧的少女。要待她的气力恢复时，醒过来，张开臂膊，缓缓地起立，到时候，巨人与她便有了接吻的机会。

偶然有几个大的树叶飘然地从巨人的前额上落下来。微暗中闪出大树叶背面的白光，投到她的正在起伏的银线上，那无疑是巨人的热泪点湿了少女的胸衣，虽然不过是几滴的轻泪。

我们的辛劳寻求者，脚虽陷在松柔的沙中，然而他的心却似乎要自己的被人欺骗，同时，泪晕翳障了他的目光。

“啊啊！这不是诗人心中的秘密么？这不是秋之叶传递着他们的秘密消息么？……”

如散珠的星星在空中睒俏丽的眼睛。那轻轻吞蚀着沙岸的柔波发出无数的细响。

“是啊！诗人的秘密在这里，由秋之叶传递着消息。”

“是啊！诗人的秘密……秋之叶传递着消息。”

那是达到他心中的回声，他分外的欢喜了！凝望着这秘密的夜幕，两只脚更用力在沙中踹下，细的沙粒已遮没了他的脚面。

但他不觉得。

“伟大啊，伟大的诗人心中的秘密！但这只是秘密，我不是还要等待看见诗人心中的光明么？”

他希求着低说，又像颂祷。但又一阵回声从他的周围喃喃地叫起来：

“等待，等待！今夜中的风雨，还有无数的闪电。

“等待，等待！闪电中他们的接吻。”

他恍然了，再力向下踏去，细沙已陷没了他的膝盖。

他毫不烦苦地等待着。他说：“只是找到诗人心中的光明吧！……”

无量数的回声从每个沙粒中喊出：“等待，等待！只是诗人心中的光明吧！”

“等待，等待！只是诗人心中的光明吧！”

他不自觉地把腰部也陷于沙堆中了，然而他还有有力的双手在空中舞动，仿佛是在指挥那合于韵律的回音的节奏。

一切都在暗中了，只余下海面上的银线与山头上下坠的大叶子背面的白光，轻轻地动，轻轻地隐、闪。

星星也轻轻地向他散射着同情的光辉。

每个沙粒轻轻地发出回声："等待，等待！只是诗人心中的光明吧！"

"等待，等待！只是诗人心中的光明吧！"

1935 年 8 月

失业者之歌

不要为他们的炫耀的城市外表蒙蔽了你的观察，更不要只看见那些丰富，整齐的装扮而忘记了在绅士，淑女，商贾，流氓……脚下有另一样的人群。建筑的伟大，音乐的铿锵，漂亮衣服的男女，华缛奢靡的大旅馆，如长蛇阵的汽车群，性的挑拨的影片，剧场，俱乐部，大公司。……更高尚的尤其令每个旅客所赞赏的是艺术品：古代的王宫，罗马式与峨特式的礼拜堂，美丽的雕刻，丰富的绘画。总之，那些说是表示着文化生活的一切东西，有一种分享的魔力向你诱引。因为它们使你感官快慰，使你心血活跃，也使你觉得清高，伟大，骄傲。

然而一个深思的旅客除去看见那些物质生活的表面，与艺术的真赏之外，他可以将历史的前页反转来读读么？

不看历史，他可以分点时间将现代的人群生活的各方面想一想？

8月初旬的一天是礼拜六，因早被友人约定到午后去看在雷近特公园（意即摄政公园）开演的《仲夏夜之梦》。先与S君乘公共汽车往伦敦市政厅的教育处定购教育照片，S君是久在教育界服务的，他想将伦敦小学校中作业，上课，演剧的照片买几十份回国去作为资料，约我同去办理。

及至这件事情办妥之后，已快近12点了。离开这所伟大的建筑物，沿泰姆士河南岸走。十分晴暖的天气，种种车辆由桥上经过，满载着游人与从各公司下班的男女。时间不早了，我们来不及在河边散步，浏览风景。由威士敏司德的地道站乘车到雷近特公园站，乘客比平常的日子加多。他们很兴奋地由工作的地方下工归来，或者携带什物预备出游，或是往电影院去挨号购票。松弛了六天工作的劳困，无论如何，礼拜六的下午他们总得好好安排着去寻找享受。我们出了地道站，找到一个小馆子吃了一顿午餐，便往公园中去。因为小馆子隔公园极近，走起来不过十分钟，我同S君缓缓地拐过街角。忽然来了一位穿粗蓝衬衫的中年男子向我手里塞进一张印刷物，标题是：

Written by an
UNEMPLOYED
EX-SERVICEMAN.

以下是两个 Pages 的诗歌。我明白了，从袋里掏出了几个辨士送他。一声谢谢，他又抱了那一叠的印刷物往别处去。他是个高个儿，瘦子，红脸皮，胡根不短，旧皮靴，青粗昵裤满带着伦敦街上的尘土。

正横过汽车奔驰的大街，不能细看这告白中的意思。走到公园的沙道上，我才得粗略地把这篇动人的诗歌看完。

“To-day our hearts are full of woe, our heads are bent in shame,”这两句沉痛的诉语是多么有力量，多么动人！

这完全是一个失业者求助的哀歌，然而他们都是欧战中捍卫他们国家的壮士。幸而不曾暴骨疆场，从炮弹，刺刀之下挣扎出生命，直待到大家停战得回故国。现在呢？他们失业了！素以繁盛之邦自诩的“大英帝国”，竟没有这一班当年拼命为祖国争光荣的中年人吃饭的地方——其实他们是要求工作。

时过境迁，那个四年又四分之一的恶劣，残酷，人类用他们的智力与体力互相屠杀的战争完结了，死者，伤者，疾病者，合计起来是一个可惊的巨数。然而在人类扮演惨剧之中，被引动，驱迫，以伤以死的男女，试问是社会中那一层人居多？另有人则借用国家的威权，控制着社会的力量，财富，以种种方法鼓舞那些青年去拼命，争光，又发给他们一张无期兑现的支票：甚么更新的社会制度，改善的经济状况……尤其重要的是失业者之消灭。

然而时过境迁了！政客们口头上的恩惠随了私人利益，党派垄断以俱尽。人人以战后新时代相望的，也都失望而去。由于加紧的商品竞争与企业者的私图，遂至经济制度日趋紊乱，而一般人民的生活愈加困苦。……到现在，高度的军备扩张与互相猜忌的国际形势，正在预备第二次世界大战的爆发。

各国失业者日渐加多，他们经过欧战的教训与当前的困苦，更感到弱者的悲哀。

不是么？伦敦，巴黎，罗马，柏林，那些或觉得如地上天堂的大都市中，流浪的无食者，乞人，残废无依者，只要你不是终天倚在汽车里，或常常闭藏于图书室中，你住的日子略多几天，你就会从那一层的人民身上，从他们的目光中，找到这些虚张声势，“血脉偾兴”地所谓“列强”的病原。

在伦敦的中等街道上常常有面容憔悴，蓬发粗手的工人来往徘徊，或是顺街疾走。到处想找点小机会可以弄到这一天买面包的辨士。我遇到的不止一次了。他们搭讪着同你说话，给你引路，末后要讨几个。其实比起那些站在小饭馆门外手托火柴等着舍施的乞人尤为难过！因为这些徘徊或疾走的失业者，有很好的体力，也有工作的经验与技能，他们还不肯作一个社会上的废人，向人前求乞，也不同残废者只望着别人可怜的同情，然而他们拿甚么吃饭呢？

他们有筋力，有技能，有历练的头脑与两手，却不能凭空去拿面包。

为了这张呼诉的诗歌，我想起了种种的事。

沿着平铺的沙道向前走，两旁的长木椅上有些心情闲适的男女带着小孩在那里享受八月中的阳光。青年的恋爱者用潇洒的步法挽臂并行，交谈着他们的密语。草地上有几个十多岁的学生打球。转过一边，往演剧场去的人特别多，虽是平均得化四五个先令买一个位子，而且还是露天演唱，得藉重呢帽遮蔽日光，然而人特别多，尤其是妇女。本来莎士比亚的大名擒住英国人的心。他们认为到公园中看看这些情节变幻怪有趣的男女争情的名剧，是高尚娱乐之一。妇女们带着廉价本的莎翁剧本，平静温和地去赏鉴司考脱小姐去的荄米亚(Hermia)与艾温思先生去的莱散呆(Lysander)。过去的贵族社会的梦幻，恋爱的游戏，插诨闹笑的松散趣味。……也许有些真诚来看戏的人，在心中充满了对人物的同情，与叹赏那伟大剧作家的"意匠"。

就像这露天剧场的老板自己的告白："……听众由于时间的限制只能看到最可爱的大树，灌木，与露天的布景；而在戏剧的本身上以及艺员们的扮演上，听众便重返于过去的型式，恰像在伊里莎白的时代中的式样，只有一次便可牢牢记在心上了。"是啊，就是这点引动力，使许多男女来看看伊里莎白时代的人生。而莎翁笔下的伊里莎白时代的人生可有好多王子，爵爷，公主，侠士，仆人，小丑……与他们的高贵，骄纵，爱娇，滑稽，悲哀与欢乐。

又一样的时过境迁！过去的生活，过去的趣味，过去的教训与风俗，遇到历史的压力都成粉碎，只能在扮演中去寻找鉴赏。——自然，伟大的作品过时仍然有其价值，但，无论如何说，时代是变了——而多数来此观剧者又只是为的娱乐。

这不是明白的对照？街头，巷尾，无业人藉着沉痛的文字向行人哀诉，而绿树荫下正扮演着过去的有趣的喜剧，以博那些快乐男女的赞赏。

二十年前说是为爱你们的祖国在战场上作血腥的沐浴，活该！是国民的义务！但二十年后的今日，城市的奢华，绿酒，红灯，管弦，酒肉，以及甚么制度，法律，种种的束缚，经济，政治，种种的窘迫与谲诈，有甚么呢？残废受伤的老人脱帽乞食；流离失所的壮士，连找事情吃饭也不易办到。是呀！他们控制着物质的发展，他们也懂得用精密的科学方法处理社会的事务，他们更以最高度的文化互相期许。

然而现实的暴露是有力的铁证，那一段悲凉的诗歌比起报纸上长篇的记载尤易令读者为之激动。

那是一九一四的八月间。
我们的土地在恐怖中被掠夺了，这最大的恐怖曾经看见，
那完全是想不到的，我们都惊慌着跳起，
才知道老英国与残暴的日耳曼人发生了战事。

"英格兰的防护！"这喊声叫起了每个忠实的男子，
我们回复了她的命令——保护她被人侵凌，
去为正义，自由，公理的原故战争，
我们集合起，围绕着"联合章旗"；反抗日耳曼人的暴力。

我们的母亲，妻，爱人，向我们说了她们最后的再会，
送我们到辽远的地方，去战胜或者战死。
悲痛塞满了她们的心，眼中满含着悲伤泪，
祈求全能的上帝保佑我们在未来的日子。
舍却了我们的幸福，离开了我们的和平家室，
与我们的十分相爱的朋友，越波涛而远适。
抛开了合适的职业，我们的国家得要防御，
凭着我们心中的希望与勇气去战到残酷的末日。

是啊，我们忍受着痛苦经过那末长久与不幸的时光，
在你们的国家中保你们平安，我们再干得一个样。
当终了时我们全是些英雄，可是如今战事过去了，
为"我们曾为人效力过"我们乃排门求望。

假使明天战事爆发你们要说："这是你的枪支，
回去为我们流出你的血，直到获得胜利；"
"啾！你们干吗这么自私？这时候把每天的面包给我们呀，
或在我们的热血流出之前，那种种情形已能允许。"

我们可怜的老母，姐妹与妻怎么样呢，

为她们的自由与生活把我们舍往战场？
现在她们在困苦中她们的心意痛伤，
全靠着我们这些生物才能免却饥荒。
假使还为你们作战保你们平安与稳固，
你们安卧于羽毛床中我们却躺在土地，
沿血染的前线枪子与炸弹把我们包围——
战潮过了，你们能助我们去当住这等冲击？

现在焦急充满了我们的心我们在耻辱里低了头颅，
躺在水沟中甚么没了只有一个名字；
在铺道上画出种种画图，也磨碎了肌体，
从同情地善心中去求一个尊敬的辨士。

小孩子怎么样呢——他们瘪着肚皮能够受苦。
你们能以衣食相助——他们的爹爹被人杀戮？
你们真不能反对我们“按照教律”，
我们恳求些必需的援助。

对你们的雇主说一句——给点事情我们能做的！
向前伸伸你们帮助的手——种种位置现在很少有，
把一切的寄生虫驱逐去他们一丝毫都不在意；
当我们——这些英雄拼命时他们在平安里藏起。

我们的恩给金已经用了——我们能倚赖甚么呢？
记住这一句古语：“于今补救还不算太迟；”
给一点小小的但要常给——你们可得到相当的报偿，
愿你们有福了，我们要恭谢天主。

别的心太狠或是自私，把你们的心现在开放吧；
快快作冤苦喊声的答复，帮助一个失路的游子：
解救了我们的不幸，如今巨炮的吼声已息，
救世主他将引导你们往他的平和的天室。

这一首粗壮的诗歌不能算是激烈的抗争，而是哀鸣的求乞。“给我们以能干的工作，”“女人，孩子，都等着我们吃饭，”这类话之外还得加上宗教上的祷祝，如同“老爷，太太做做好事有你们的好处呀”意思一样。

不必说根据甚么道理以鸣不平，只是饿极了申诉前功以求后效！……然而一般正在想尝尝梦幻般的伊里莎白时代生活趣味的男女，有多少人会被这种粗纸印刷品的申诉诗感动？

又是一个对照，用精纸彩色印的女伶们的脸蛋与奇异服饰的剧中人物的大本子，那不是标明六个辨士的定价吗？封面上有一行大字：

“露天剧场纪念品”。

每个顾客从年轻的“女招待”手里买来一份。

说事忆人

>>> 王统照 书香门第>>> 书香门第>>> 书香门第

生活的对照

看不清的垃圾在雪泥融化的街道中四处翻扬，如同是地狱的一角的陈列品。笨重的几只骡马拖的大木车，皮帽子的老人待理不理地将鞭子抖几下，于是有数不清（何至数不清呢）的蹄在泥泞中蹂踏。街的两侧到处都有鲜红嫩白的猪肉在木板上面。有蓬发包头穿了不能合体青衣的女人——她们的脸上被风沙划上了多少折纹，被忧伤抹上了多少痕迹。她们在这样的街市的店铺门前，等待补破衣的朋友们的来临。更有十岁左右的小孩守着破烂零件的小摊，他便是这小摊的主人与经理与店员；有胡子与鼻毛冻结在一起的卖黍糕的老翁；有风尘满枪的厚衣警士；有穿了各样笨衣的小学生；有破马车；有喊破喉咙的估衣商人。……还有，还有，总之是中国民族的到处一样的陈列品。

我同王杨二君彳亍于冷吹的风中，我用力的看，到处都是画图，到处都是小说的背景。但这困苦饥饿压迫下的非邻人的种种表现只有使我们俯首而已，欲加描写先不禁提笔时的怅怅！

杨君要买铁制的书夹，走遍了几个小书铺却连名字也不知道；然而自来水笔，精巧的铅笔，透明的墨水盒以及其他文具也大概都陈列着，何以会没有这种物价最贱的书夹？没有只索没有罢了，同行的人更没去推想这是何原因。现在我觉悟了，按照供给与需要的原理上讲，这是在此地无用的货色，它没有瓦特曼或派克笔杆的漂亮可以挂在服或绸衫上放出明丽的光彩，也不同帽章，国旗，是一切学校，办公所，甚至“姑娘”们屋子中的点缀品，商人当然明白地方上的需要。这种书夹不过在书案与架子上夹起西式装订的书册而已，线装书当然是高卧的，薄薄的几本教科书似乎也不一定用它，于是书夹乃不能在冷静的地方露面。一样的道理，在上海南京路上讲种地的经验，在山村里讲柏格森与罗素的哲学，商人不能如此的不知时宜啊！这边只能说日本话，听金票行市，吃关东白干，与终日的狂风战斗，如此而已。多卖书夹的未必是甚么好地方，但只能讲日本话，听金票行市，我在这分水岭似的大桥上(四洮南满铁道中间有穹式大桥铁轨在下面即以此处分中日管理界)，凝望着茫茫的烟尘。黄衣红肩章的兵士的来往，不知是怎样联想的，便觉得这一个小问题(书夹子买不到)像颇为重大似的。中国市街不过是买不到书夹子而已，而邻人的炮台却雄立在大道的旁边。

一辆平板的独轮车安放在街口的一角。我看见灰色厚袱下露出蒸腾的热气，向前揭看，是用高粱糙米做成的窝窝头一类的食品。它仿佛用红晕的媚眼在引诱我，这种无邪的气味比甚么肉鱼之类的珍品还特殊吧。

“唉，多少钱一个儿?”

走来一位伛背的老人，蓝棉布盖膝袍上罩了一件长坎肩，边缘上都露出白絮。一例是为劳苦风霜刻画出来的面目，拖拖地穿着毛窝走来走去，步履是不想再快的了。虽然有主顾来到，但他从那面花生摊上走过来仍然是十分疲懒。

“一毛大洋十二个……还有豆沙的馅。”

我趁他们在买别的东西的时间终于买了两个。这疲倦的老人他从容地为我包起。一会杨君跑来向我道;“不用，不用，我这里有手绢。”于是老人将粗纸丢在一边，窝窝头却包于白绢手帕之内。

回来时，我在路上不住的想快尝尝它的滋味。及至到了杨君的哥哥家中，却开了留声机，唱起四郎探母与天女散花的皮黄调。杨君的两个小侄女乱披着雏发不住的说笑。及至我记起新买来的食品打开绢巾吃一口时，啊，味道原也甜美，可惜被香肥皂洗涤的绢巾包了许久，咬到口里却不调和了。

二黄戏片唱了半打，在暗淡的黄昏中已听见道东邻人的兵营的喇叭吹出悲壮的声调。

夜　话

本是想不到的遇合，我不知道在这屯垦区的总头目 K 君原是十年前的旧同学。我为调查情形的便利上起见，拿了介绍函到他的衙门中求见。我想至多他们派个秘书与我谈谈，给我一点文字的帮助，此外我并不想格外有甚么知道。幸得这位久惯于军人生活的 K 君他一见我的名片，没曾忘了在校时的友谊。我由他的副官领导与他握手之下，才由他的面目上记起了我们在很年轻时的熟识。原来他在中学校时比我早两年，廿岁后他就投考军校，经过几次剧烈的苦战，东渡日本专习炮科，他又不用原名，所以我竟一点消息也不知道。人生的道路多复杂，十六七岁时候同住在一个学校内，同在一个球场闹着种种的把戏，同在一个教室里顽皮地又是很糊涂地读着浅薄的书籍，但时光的轮转辗破了当时见惯的青春，各个人盲目似的在人生的急流中乱撞，真的，若干年后的重逢，彼此知道各各受了社会的另一种的熏陶，有自己的理想与所寻求的目的。无论如何的欢洽高兴，终不是那个时代的人了！当我同这位身躯高瘦，面皮微黄，留了上唇的短须的军人在他的办公桌前第一次握手的时候，大约我们彼此会记得到大明湖边上那时我们的生活。他的眼不大，然而刚毅的光却时时向四周流露。从他的态度与言语上看来，这十五年的训练使他完全成了一个新的军人了。他问过我过去的种种生活，又坚恳地请我到他的公馆里住宿。因为有些他的部下等待与他会面，我便走出了那一带矮矮的土围墙的公署。

我彳亍于修长的马路中，迎着过午的冷风颇颇欢喜！这位老朋友自己能够找寻他的道路，他能在这个穷荒地方从新开创一切，足以见出他的识见来。我更欣幸我此行不虚，可以更详悉知道这一带的详情。

便这样，我在他家里住了三宵。除却我往葛根庙旅行与白天的参观一切之外，他每晚上同我在他的收拾得颇雅洁的小客室中谈话，直到十点。我们所谈的范畧很广，往日的同学生活中间的各个人的变幻，政治，日本情形，专门的军事知识，十年前的文化运动，国民革命，山海关前的苦战，炮，日俄的情势，兴安屯垦区的历史尤其是谈话的中心。他更高兴地说教育，而十分疑惑与愤愤地诉说人才的关系，道德与知识的奇怪问题。他是军人，他也是专门家——当他说起他学习炮术的经过与日本中国在军事中之炮的比较，我真不能赞一词，只好静静地领会。这完全是“耳食”的识见，然而他不但不是旧军人的空虚与浮躁，他对于普通的事都有他的颇高明的见解。也因为经验的关系，对于地理，开矿，内蒙古的种种民情，习惯，他的确能知道得很多。我在这边第一次见这样的新军人，他的知识与经历，以及公明的议论，诚肫的态度，很有吸收一个人的视听的力量。每当我们谈话时，照例他养的一只意大利种的小毛狗卧在圈藤椅子的旁边打着鼾睡，他时时立起来在砖地上踱着，那一只拿着香烟的右手常常在空中画出半圆的圈，仿佛表示他的兴奋。

一个性格较坚定的人，无论如何不容易使他失望。我这位老友虽然僻陋孤寂地在这片冰雪荒原中筹划着一切，他不缺乏的是未来的希望。他以为由洮安起向里面去连接着黑龙江省的大部边境，这些曾经蒙古健儿在昔年驰骋过的土地，有多少的宝藏，大的树林，已经查勘出的煤矿苗，将来可变为肥沃的荒地，现在在他手下监督着修的洮索路已经有大半段的通车，再至几个月或者可以修成，有了交通的工具自然一切事业便容易着手。他们想着当铁路到达索伦之后，如有可能，便从事从索伦延长直通满洲里，以后无论是平时的商务，战时的军事，运输，都可避开南满中东两道直达胪滨。如此，从北平起可以不乘日俄的火车能到极东北的边地。而且兴安区中愈往上去，气候虽较冷而颇有调剂，植物繁生。呼伦贝尔多的是鱼盐之利，索伦山周围一千余里之内荒地，开垦过的怕连百分之几还不到。关内人多地少，连年战争，村落破坏，许多农民争着跑到东北去，而这一带地方因从前少人经营，移来的垦民并没有多少。总之，在政治上，经济上，军事上，实业的计划上，这位军人都热诚地同我谈过。我觉得他在这地方两年以来的经营颇可赞美，像我们甚么事不能干，借了口与笔在社会中虚浮的度日，终日里嚷着，想着些微细的事物，琐碎的构图，或者披览，整理，复述些新旧书籍，这些乏味的动作，究竟于人的本分上能尽了许多？能否补益有助于我们的兄弟？我们诚实的回想，至少我自己真觉得黯然！我没想到在这片穷荒中，亲眼看到老朋友领导着一些人胼手胝足地作这样新生活的开创。同时感到所谓文人的空虚可愧！相形之下，我们何尝及得上一个筑路的工人，与收获的农夫。

K君尤其关切的是日本人在东北的威胁，他曾告诉我在东京炮兵专科学校中的经验。

本来我是以营副的资格去的，这不比士官学校，凡是持着一个师长的派遣公函，无论资格如何便能入校。即在日本，这专门的陆军学校也是为中下级的军官预备的。那时中国学生在这校内的只有三五个人，有几个现在已是南方的军部的重要人物了。现代的军事教育，高深点的都是专门的科学的训练，尤其是炮科。这并不是体力的比试，在近代战争中还是居第一位的利器，说来实在复杂。三年的时间，使我明了一切需要科学的重要。你不要以为军人，军人一提到你们的笔下——尤其是联想到二十年来国内军人的混战便无好感。即偶尔说几句公道话，也无非从温情的人道上称许我们这些玩弄枪弹的人的反省——本来这没有甚么诧异，你们的经历与想象也只能这样诉说你们的情感。——你注意，我是说你们的呀！哈哈！……战争是人类的罪恶，不错，可是这一个大错不能加在现代的军人身上！还得找哲学家，人类学家追究追究人类的本性的问题。是一种事业，就应分有人来干。你想我们这一行，不能算职业吧？可也难说。……仍然还在带上面具要互相吞食残杀的世界中，我们不敢自称是征服反对正义的武士——其实又有多少人敢自己这样说。——然而在我却以为要放下屠刀，便可使世界断杀，那是卑弱的自欺的话。等到人家用手打在你的右颊上时，难道便从容地将左颊献给他么！这些话不必提，无论如何，现在立国不能丢开的军事。我们这衰老的国家，既然要列于近代的国家之中，不论其他的一切是否科学化，就军队的组织与军器的设备与应用……我们的军队真的还没有脱离开十八世纪的范围。有的是人，吃苦，跑路，受冻，只这样成么？人家首先要同你作科学的比试，一个炮弹的制造，装置，搬运，预备射放的程序，射放的方法——测量力量等等，这不用说，找一位非洲的蛮人或乡下佬来要白看，即是受过军事教育的普通兵他可奈何这科学方法的机巧。……

"日本人预备战争久了，自从日俄在我们这一带拼过生死之后，他们一步都不肯放松。欧战期间尤其是他们发展一切的机会。……满洲问题是他们的中心对象，这里说不到甚么公理，正义，世界上原是由人的解释不同而生出的差别，到现在还不是只有利害而无确定的是非么！人家实地的争利害，我们那些纸片上的公理那能弄来吓鬼！……话说回来，讲军事的科学化，朋友，且不必拿日本有四十二的大炮与中国比——从实说中国最好的炮队人才，战器，还是东北多些——就说这一尊大炮照例的要将近一连的炮兵侍奉它，到了危急的时候它方能施展施展它的力量。要携带随时安置的小铁道，运送炮弹要用电力，将大的炮弹装入钢管。……那些手续说来，诚属麻烦，的确放射起来没有小炮的省事，然而你明白：这一弹的力量要毁灭多少的建筑与人的生命！至于飞机战，壕沟战……那一时在战场能离开科学。我不是说发明摧毁一切的科学器具便算是人类的功绩，但相比之下，像我们只能肉搏，只能靠热血去争公理的，究竟那一份是可恃？……"

他随手从小书架上将种种在日本所得的军事练习的照片取下来指给我看，骑马的姿式，与操演的行列，这都不奇，唯有日本最重的炮位使人看了觉得悚然。他又说："你不是说在南满路左近所见的种种情形可以付之一叹么！啊！老是一叹不好干甚么用的，我们干这一行的也常常计划——因为中国只是空喊着收回旅大，收回旅大，到底只是呐喊而已。其实喊的人力气已竭，怕他们早将这片土地给换了颜色。日本人图谋中国的野心，早晚须有一战的决定！……"

"果然是需要一战，依你看应该在那一年？"我不禁地追问。

"这倒不能确定，日本人自然也不是敢轻言与中国宣战，不过他们对于满蒙的企图一天厉害给一天。时势的迫促，往往比预定的时间还要快，到了时候也或者能远过了他们的预定期。中国呢，可以一战——你明白这一场可怕的纠纷，不是如此终无了结之期。——这须要中国将海岸线的口岸抛弃，诱敌作陆上战争，以中国兵民的力量避免正面的大战，作袭击与不定形的争斗，确能胜任，可是相当的牺牲自不能免。政府最好往四川移，在中原地方与之相持，若能坚忍到一年半以上，即使没有别的国家的干涉（其实这是一定有的事），日本也就毫无力气了。而且他们国内必有革命的爆发。但现在吗，怕还不容易，这是要全国人一致力的团结，虽有苦痛不容返顾的重大牺牲！……前年中东战事，梁旅的抵抗力想来都听说过了，后方还曾有援兵么？军器，军需的济接么？可怜！那些兵就是那样甘拼命，在雪地里埋了尸骨，战事又那是儿戏的事？……"

在香烟气味弥满的客厅中，我听他说了这些所谓"语重心长"的话，颇觉得人类的前途茫茫，而多难的中国究竟要走到甚么地步？像这些问题严重地想起来，我真不能说甚么，他也低着头来回走着似有无穷的感动。一会他止住脚步，又道："我当初同了×军长到这边来，一切的规划几乎全是我主持的。为开发利源，为创造新生活，都是，可是我在关外十几年亲受的帝国主义者的势迫，觉得来干这类一些人不愿干的事，在这片土地上的一切预备，都是从根本上着想。论我的知识与个人的习惯，我还是觉得干我的炮兵生活痛快得多，然而走不脱便只好耐心作下去。……”

我们对于这一方面谈的话自然还多。他又告诉我开始经营时第一年的军垦的失败，原想照永久的屯田方法，而为剿服剽掠的蒙匪起见，兵士们不能常常用火犁耕地，和土建屋，一年之中倒有半年须预备与那些勇敢的蒙匪拼命。所以现在只好暂将这一条计划收起。完全希望关内的移民来此开垦。上年曾有一部分的河南山东的难民来，由大连起，车船的招待，好容易到了，分别的安置下。说气候的不适还是小节，最重要的却是他们的老小无能力者太多，壮年的男女本来可以奋勉的工作，然而那些坐食的老弱却在无形中分了他们的勇力。这是一点经验，在努力于创始的时期最好是年轻人的勇敢，与不乏缺的热力。所以对于以后的移民办法也有重行改定的必要了。

像东北的边防，交通事业，出产，行军的方法，在静静的春宵中他说得太多了。我没有更灵活的笔墨写得出来。总之，他有多方面的经验，而脑子中又不是一个欠少较高远的理想的人。他用铁一般的意志咬着牙干下去，领导着多少专门的人才（他将他的公署的职员表给我看，十分之七都是习农林，测绘，陆军，工业的人去担任各部分的工作。），沉默地在这冷僻地方努力，几年之后我盼望他们有丰富的收获。其实每件事情的进行之中随时的困难自然相伴发生，他也曾愤慨地说过多少新青年——方出学校的专凭意气的青年的误事，以及只有智识的教育却没有品格的修养者的人，很容易腐化，他举过他们这边的几件事，恕我在此不必记下了。

几年来我没曾听过这么时间久的切实的谈话，因为一切都是计划实行，不是空虚的嗟叹，不是夸饰，更不是广博精奥的炫耀。他是那样的人——像是努力于力之挥发，与按步实行的人。从谈话中我知道他的精神所在了，虽然我不能完全与他的思想相同。在这边他是忍受着孤寂的，除了他的夫人之外，他家中只有几个勤务兵与一个副官。因为他颇为严厉的关系，我在那里住了三天，没见他的一个属员到他公馆里去，没有牌声，没有酒香，他常吃素食看书。喂了一只灰鹤，一只小狗，下班后他的生活就在这些事上，这似乎不是沉溺于现代都会生活中的人所能忍受的。所以这老朋友的会谈，使我的精神上快慰不少，而且觉得一个人的生活无论照那面走，应分是这样活泼，有力，才不会感到空虚与失望。

这不是专为一个人写照，我认为在中国的各地方中很需要这样咬着牙硬干的人。

听潮梦语

泡沫

听着中夜暗雾下的潮音，便想到在暗中向上翻腾的海的泡沫。对于那炫目银花与堆雪似的大浪，印象是模糊一片，并不强烈。在这样的时候里，潮音所给予我们的是沉重，浑厚，无畔岸的阴郁。每个泡沫都具有一份严肃的生力，由四面合来不可分离的力向上腾翻着，并非耀显的光亮与打滚身般的旋舞。如夏日闷热中欲雨的低云，如浸润于激怒中而尚未发作的饮酒，那无量的，并非单独游离的泡沫，是未来从一片云层中急落的雨滴，是热酒冲激，要求进击的每个细胞。

山与崖

“初安如山，后崩如崖。”其实崖须有时也算得是山之一部，即是山，又何尝没有飞石喷火的时候。“安”与“崩”得追究到地心的构造与其附着物的凝合力，但为崩而忧虑，战栗，忘了内在的因，即说因为它是“崖”所以“崩”了，那末，号称为山的东西便能永远仰天长笑么？

淡云白日

记不得了，“淡云白日”甚么“幽州”？这七字诗句的第五字的动词应当是甚么呢？时代不同，谁有闲适的心徒去感慨，吊叹，但不知怎的，那个字使我时常憧憬地回思，设想。可是谁是这句“诗谜”的胜利者？

容忍

只有对相爱的人与物有容忍，若心中尚有一分的憎恶，在对象上是屈辱，是“痴”，与容忍无干。能容，一定尚有可以使你有后望，有还没来到的报偿；有心头上的眷恋。如爱人付与你的嗔怒，如已打缺了的心爱物不肯丢在垃圾堆里，因有爱，故所以能容。若非如是，当易他词。

不忍

无餍足的恻隐之心，到头处连失了自杀的勇气也得归入此类，那终成为甚么颜色都分不出的“无人相，无我相”——是之谓不忍的哲学？

引端

芦苇可成为古文字的书页；可以做青年“叫情”的乐具；也能垫在污秽罪恶的脚下。所谓“端”要看是如何引起？动机与行为似是永远的漆黑一团，真么？为甚么人间又要芦苇！

一粒沙

一粒沙藏在我的衣袋中多少年了，小心地拈出来，看不出些微的光亮，纵使放在任何生物的身上，有多重？摇，摇头掷到大漠里去，那些无量数世界中平添了又一个世界，走近前光在炫耀了，踏下去，便多觉出这一粒沙的力量。

浊与清

中国人长于处世，“不即不离”，“和光同尘”，这似乎已经是标准的“善士”了。更有进者，所谓“既浊能清”，语深意晦，不可卒解。如不看下文以为是彼辞之类。及至找到“能清伊何？视污若浮。”焉得不使你赞叹这一视的超然物外！“万境由心造”，当作此解。也许屎溺中俱有“道”在，污也何妨，你还觉得“御风而行，泠然善也！”

1924 年 8 月

去来今

“春山烟淡藤花落，好鸟时啼三两声。”

在往海边友人家的道中忽然想起了八年前的旧诗句。那时我也走过这里，一样的残春却是清晨。碧桃落尽，柳枝的影子反映水面已显出丰润的柔姿，风从山道上飏过来，挟着不惹人厌恶的海腥味，湿气颇重，朝霭若断若连——在山头，在密林的空隙，在草地上。刚刚是宿雨初晴，不像莺也不是拙笨的云雀，偶然送过几阵宛转清脆的啼音；淡笼的烟痕像被鸟语震得微动的丝网，荡一下——那样轻，那样快，几乎非视力所能辨别，也许我的“心眼”在不可捉摸的影像上作幻觉的活动(是心动，是物动，正不易说清，横竖是没有证据的事。)？弱光的金线从东南方射出，与高，下，横断的淡青色的“丝网”缠在一起，光与色的融合无从辨别，却像有神奇的爱力黏合在一起。四围，林檎树的大圆叶子，层叠如波浪的马尾松，玲珑楼房窗前的盆花，绿漪上飘浮的碎萍，它们都微笑着。它们受着薄霭的温浴；它们迎恋着朝旭的华光；它们愉快地为青春生命开始活动，显出自然满足的骄傲。一切都有生力的跃动与活气的蓬勃。

然而我那两句偶成的旧体诗还不一样堕入旧人的圈套，有甚么表出呢，对自己那一瞬间的感受与对客观世界心理的解剖？

诗句，只能刻画已属下乘，何况连刻画都偏而不全，如是拙笨！

自然看风景的一点，割人生的一段，望四面明镜的一角，便能有一点微小的享受，有一份独自会心的兴感，否则如何解释“相看两不厌，独有敬亭山”的诗意？

感受，在事物时间的当前引起心情的抖动，不算生活的奢靡，也不算精神上的浪费。不见？小姑娘在高坡上撷得一枝山花便欣然地忘了疲苦，汗流浃背的劳人有时还得哼几句不成腔调的皮黄——他们绝不会因一枝山花，几句剧词，便容易忘怀了世间的痛苦，得到这一瞬间的享受也麻醉不了他们的灵魂，除非环境能给他们安排下只有快乐，没有悲苦激刺的人生。“夫有劝，有诅，有喜，有怒，然后有间而可人。”悲欢忧喜的交织，正是人间竞争奋进的机键，盈于此则缺于彼；有的承受便有的进展。是人生谁也逃不出自然的圈套，当然，其间有高下，好，坏的分别相。

说过去的一切不值得追忆和怀想，像是勇者？当前！当前！再来一个当前！“逝者如斯，”在当前的催逼急迫之下你还有余暇，还有丢不掉的闲情向过去凝思？这是懦弱心理的表现。为未来，我们都为未来努力，冲上前去（或者换四个更动人的字是“迎头赶上”）！向回头看，对已往的足迹还在联想上留一点点迟回的念头，那，你便是勇气不够，是落伍者。……对于这样“气盛言宜”的责备与鼓励，分辩不得，解说不了，除却低首无语外能有甚么答复？不过，“逝者如斯，”因有已逝的“过去”，才分外对正在逝的“现在”加意珍惜；加意整顿全神对它生发出甚深的感动；同时也加意倾向于不免终为逝者的“未来”。这正是一条韧力的链环，无此环彼环何能套定，只有一个环根本上成不了有力的链子。打断“过去”，说现在只是现在，那末，这两个字便有疑义，对未来的信念亦易动摇。我们不能轻视了名词；有此名词它必有所附丽，无其事，无其意义，完全泯没了痕迹，以为一切都像美猴王从石头缝里迸出来地，那么迅速，神奇，不可思议；以为我们凭空能创造出世间的奇迹？现在，现在，以为唯此二字是推动文化的法宝，这未免看得太容易了？

据说生活力基于从理化学原则的原子运动，而为运动主因的则在原子中“牵引”“反拨”两种力量的起伏。一方显露出成为现势力，一方隐藏着成为潜势力，而势力的总量始终不变。两者共同存在，共同作力之运动，方能形成生活现象。时间，在一切生活现象中谁能否认它那伟大的力量。“一弹指顷去来今，”先有所承，后有所启，不必讲甚么演化的史迹，人类的精神作用，如果抹去了时间，那有作用的领域便有限得很；人类的思与感如果没有相当的刺激与反应，思与感是否还能存在？有欲望，兴趣的探索，推动，方能有努力的获得。他的“嗜好的灵魂”绝不是无因而至，要把这些欲望，兴趣，引动起来，向“现在”深深投入，把握得住，对“未来”映现出一条光宽道路。我们无论怎样武断，那能把隐藏的潜势力看做无足轻重，亚里士多德主张“宇宙的历程是一种实现的历程，Process of Realization”。历程须有所经，讲实现岂能蔑视了已成“过去”，的却仍在隐藏着的潜力。不过，这并非只主张保守一切与完全作骸骨迷恋的——只知过去不问现在者所可藉口。

在明丽的光景中，“过去”曾给我的是一片生机，是欣欣向荣，奋发活动的兴趣。那刚从碧海里出浴的阳光；那四周都像忻忻微笑的面容；那在氛围中遏抑不住，掩藏不了的青春生活力的进跃，过去么？年光不能倒流，无尽的时间中几个年头又是若何的迅速，短促！但轻烟柳影，啼鸟，绿林，海潮的壮歌，苍天的明洁，自然界与生物的黏着，密接，酝酿，融和，过去么？触于目，动于心，激奋在“嗜好的灵魂”中……一样把生力的跃动包住我的全身，挑起我的应感。

虽然，世局的变迁，人间的纠纷，几个年头要拢总来作一个总和，难道连一点“感慨山河艰难戎马”的真感都没有，只会发幻念里呆子的“妄想”？是的，朋友！只要我们不缺少生力的活跃，不处处时时只作徒然地“溅泪惊心”的空梦，在悲苦失望间把生力渐渐消沉，渐渐淡化了去——只凭焦灼，悲愁，未必便能增加多少向前冲去的力量罢？——对“过去”的印证还存有信心；“现在”的感受更提高了气力，“将来，”我们应分毫不迟疑，毫不犹豫地相信抓在我们的手中！何以故？因为还有我们生命力的存在；何以故？因为不曾丧失了我们的潜力；何以故？我们不消极地只是悲苦凄叹把日子空空度去！

在行道时，一样的残春风物却一样把过去的生命力在我的思念与感受中重交与我，他们正像是 Raised new mountains and spread delicious valleys for me(G. Eli ot 的话)，虽然说是“新的”，因为“过去”的印证却分外增强了我的认识与奋发。朋友，我希望不要用生活的奢靡与精神上的浪费两句话来责备我。

我永远相信“去，来，今”三者是人间世一串有力的链环。

1937 年 4 月

追念同轩老人

人苟有朝闻道。夕死可矣之志，则不肯一日安于所不安也。……人不能若此者只为不见实理；实理者实见得是，实见得非。……古人有捐躯殒命者，若不实见得则乌能如此。须是实见得，生不重于义，生不安于死也。

——“二程”语录中语

同轩老人致记者的最后诗函

上月接手谕并诗读之可惊可怖可歌可泣犹忆某书中有希腊之花昔何荣猗盖吊词也今

尊作祝词也钦佩之至待尔舒眉一笑时此某诚心所馨香祷告者也现在城中极安静诸业如常唯杞忧妄抱在所不免在有职者各尽其职有力者各致其力以听大运之转移耳孔子曰素贫贱行乎贫戎素患难行乎患难某从事斯语矣暑间假旋太速未得缅聆教诲值此时局益增思慕勉成俚言藉表区区景仰之忱并候

箸安　　秋气多厉伏唯

自珍

某顿首十月十一日

一纸琳琅下草庐忽将家国慰狂疏自惭漏尽钟鸣日值此风萧木落初翘首慕云劳想象夜窗班笔近何如殷勤自护董氏简留照神州劫火余

敬求暇时斧削为恳

附录我赠同轩老人的旧诗略见交谊

夏将尽矣，与同轩老人偶遇。

刻意独行老画师，相逢犹复壮心期。
新亭挥泪曾何益，苍茫斜阳欲尽时。
谭艺抒辞事事非，人间百念总相违。
尊前相对繁霜鬓，愁看飘零草木腓。

示同轩先生

时危每少话从容，秋散沧州客里逢。
同望江河成浸溜（各地水灾极重），
暂闻边塞息燧烽。
高明华屋耽歌舞，离乱荒村难熟饔。
此意萧条谁记取，戈矛世事正恟恟。

再示同轩

商气驱流灾，宵清月盈帘。
剧愁多丧乱，触物感留淹。
叠岸飞涛壮，孤云织雨纤。
况闻虫唧唧，忍复下重檐。

其二

骚屑终何似，谁知念汝劳？
空文留白屋，世网罥秋毫。

邀月傥能醉，当风意不豪。

莫言多难困，饿骨满蓬蒿。

右旧体诗六首皆作于二十一年秋初，时同轩老人由他的故乡到某处游览，异地偶遇，每晚晤谈，往往慨叹不已，便作了这几首诗。他那时已是五十多岁的老人，论年纪，所学，以及环境，俱与我不同。但，他有艺术的素养（从十四五岁习画写诗，老来愈为勤奋，）与心情的肫笃，思想的明睿，却与我成了忘年之交。他原是极穷困的寒士出身，幼时受他人的救养，到中年，方能成立家业，在小学中学授画；研究中医法，虽受人敦请，除少许礼物外，向不要金钱报酬。他的绘画自以仿古者为多，但人物取法唐人佛像及明末的老莲，讲究线条，设色，绝不以轻快谐俗为则；尤长工细虫鸟，钩勒花卉，生鲜明丽，不易多见（他自五十岁后因目光不适便轻易不画细笔画了。）。至于他的为人，凡与相识者无不知道他的耿直热烈，对人对己可以够到"清介"二字。虽是生活清苦，但非分之财一文绝不妄取，非义的行为一丝一毫都不苟且从事，看去不免有些迂气，而的确是旧社会的纯德君子，没一点名士习气。我从十几岁时与他认识，后来，他的儿子随我在某大学上课，他却以古旧的师道待我，这在现代的学生家长中可以说是奇迹。我得到他相赠的大小画幅约有二十多幅：人物，花卉都全，上面有的题着他自作的诗句（可惜如今都已散失。）。函札更多，无论楷、行，没一封不是郑重写出，绝不匆促敷衍。记得多年前我买得几种译本的医书送给他，他的欢喜感谢真可比捡得甚么珍宝。不是只为那几本书，他觉得这是同情与友谊的投赠，所以十分重视，其实我不过偶尔寄给他罢了。举此一端，便可晓得他的为人。

自战事起后我与他很少通函，前面的一封信是那年十月十一日寄来的，也可说是他与我的绝笔。其时孤岛周围血战方酣，我曾以所作诗一首抄给他看，故他回信提到。从"素贫贱行乎贫贱，素患难行乎患难，某从事斯语矣"看来，他那份决定的志向真是养之有素了。他虽是老人，然而从清末时起，也看过不少的时代书，在那时是思想上的维新人物。平生对于气节最看得重，所以在孤城中便以自杀了其残年；据我所闻，他尚可衣食无虞，绝无外面的逼迫。他一生孤介，不在地方上办事，又廉洁自守，既无政责，亦无言责，年龄如此，衰病侵寻，本可闭户养生，但他眼见他所住的地方已成另一样的世界，亲友四散，中心痛苦，勉强生活，希望着不久可以重见变化（这是揣想的话，否则他为甚么待到一年后方自尽呢？）。但经过年余，那座孤城仍然如旧，或因耳闻眼见的种种使他忍耐不下，遂于去年秋季的某日服毒自尽。他的家人急请医生治疗，因服毒过多终于不救。便这样，这位一生清白耿介的老艺术家自愿了却就衰的生命！我对这位老人，尊敬他比痛念他的心更为真切。论责任，论家庭生活，一切他都无死法，但他究竟在那样地方找到精神上的解脱，对得起自心，对得起他的性格，与平生正义感的素养。他寂寞地生活着，洒脱地也是寂寂地死去。这种沉默中的坚实，伟大，正是一个有历史有文化的社会的要素。

所谓“行己有耻”，所谓“所爱有甚于生者”，这位老画家真能从容履行这两句古训的精义。

幸而他最后寄我的诗函未曾遗失，也许自有“缘”在（这不是迷信语。）？前因积存友人的旧函颇多，丢掉了些，但这封遗书却还夹在一本旧籍里，所以现在我还可抄出来纪念他。当时，怎能还想到这是他与我的绝笔！

他日有暇，或知他死事更详细时，我应该给他写一篇传，告诉出这位清白老人的平生。

“幸福”的寻求

驰过原野，爬过山岭，渡过冰冷与含有硫磺气的河流，穿过阴暗的森林，幸福，自降生后它没有一天甚至一小时曾偷懒过：它永远在无穷尽无终结的道路上（多艰苦辛劳的征途）去寻觅它的主人——也就是它可以安身的地方。

不是耗费，却经过了无量数的时间，它还不曾觅到它的理想中主人的身影。

然而，它为痛苦，疲乏，与说不清的恐吓阻难追逐着，围绕着，阻碍与打击着。

它的新生的气力与活跃的希望渐渐举不起它的身体了！

它也开始“失望”！觉得造物的大神当初赋予它的使命像是宇宙间最大的骗局。奔走，寻求. 永远会无结果？这样伟大严重的使命也永远无法交代。

不仅“失望”，它对造物的大神难免有不平的怨恨了！

一天，它彳亍着走到一片有黄的白的花草的田间，阳光温煦，笼罩着无边的春气，一切仿佛都在安闲与沉静之中，幸福不自觉地止住了脚步，它想？

“也许我的使命要在这地方完成了罢？”

果然，一位须发斑白的老人拄了木杖，从田陇上走来。他的双目已失了青春的光泽，他的神态是十分疲懒，无力，他低头看着土地，不向长空注意。到幸福的面前，他发出哑嗄的低声。

“使者，你应分如我一样的疲乏了罢？你这么匆忙地奔跑，会连你自己也要丢掉，永找不到你的主人。来，我告诉你，你的伟大使命的谜底。

和平，静止，依我做榜样，以娴静的梦想作隐蔽，不再向前，也不抬头望空中寻求甚么梦境，这其间便有你的主人的身影。”

幸福听过，觉得茫然。“真理”在这白了头发俯瞰土地的老人口中，是否改变过原来的面目？

迟疑中老人去了，每一步，木杖深深插入土壤时，也引带出他的咳声。

于是这仿佛在安闲与沉静中的春之田野从四面激发出咳声的回音。

幸福不能再待下去，它又开始了它的征途。

另一天，幸福在峭立的山峰上遇见了一位铁青面色，全身铁甲的武士，他是强壮，威严，横肆与不可干犯的化身，叉手望着周围的峰峦，等待着将来的风暴。并且，他大声唱出使人震惊的歌声。

他对忧虑的幸福用冷暴的目光轻视着。

“你将何往？世间唯有犹豫的傻人方是你的伴侣，也唯有不中用，无气力，无铁的意志的哲学是你的圣书。……这样，再一世代，你也走不完你的路程，其实是永不会走完的！”

“随我来。你看，分明是我的铁脚践踏过的地方便生出幸福的婴孩，你的永生的化身。因为我能将气力，生命送与他们。……因此，你，傻人，不必虚耗时间，把你的使命献到我的胸前，你可以永远地休息了。”

幸福这一次是悚然了，它不敢与这武士接谈，悄悄地转回去。

四山即时和唱着雄壮的高歌，像对它发出嘲笑的送行话。

幸福再不能在尘世停留下去，种种遭遇不只疲惫了它的身体，而且它的精神也快要消散净尽。

它只好回到造物的大神那里去。

它把老人与武士的告语全告诉给大神，请求给它一个明白的判断。

大神初时沉默着，后来冷冷地笑了。

“这不是你不忠于你的使命，因为他们都要强充幸福的主人，所以你不做诱惑的囚徒，便成了被践踏的生命！”

“梦是幸福的主人，力也是幸福的主人，但也都不是的！照你这样的寻觅，你的完成终无一日在人间出现，这不是你太不聪明了？”

幸福受了谴责，禁不住自感凄凉，它恳求地请问：

“你的全能，请把我不懂得的聪明的指示给我！”

大神微笑了。

“不命你去寻求，你永不会知道人间对待幸福的面貌，以及他们自私的专擅的恶毒的心，你现在拿到经验的明镜，你自然能在觉悟中完成你的使命。……”

“在那里呢？”幸福似有点明白。

“在你的经验中，在你的不自私的寻求中。勤敏，公平，永远奔驰着你的长路，此外，你还向那方去依附你的主人呢？……梦与力的中间！你用正直的穿线成坚韧的一环，希望与实行的调谐，用这线束制着，比量着，引长到无限的时与空，那‘完成’全在你自己的手中。”

于是幸福展开它的笑颜，他再没有惶恐与忧虑了。

酒与水

“无人生而为饮水者，”因为唯酒有热力，有激动的资料，“水”，对于疲倦衰弱者更不相宜。

人生难道为喝白水而来吗？那样清，那样淡，味道醇化了，几乎使饮者麻木了触觉与味觉。

乏味而可厌的水却被神创造出来，强迫人喝下去；除此外，人间还有更大的不平事吗？

“将渴死，守着白水，明知是可以解救一时的危急，而想吃酒的热情不能自制。纵然救了渴死，而灵魂中的窒闷怎样才能消除。”“酒”，它能惹起你的兴奋，冰解了你的苦闷，漠视了痛苦，增加你向前去，向上去，向未来去的快步。总之，它是味，是力，是热情，是康健的保证者！

除却神经已经硬化了的人，那个不存着这样似奇异而是人类本能的欲念？

但是颠狂呢，沉迷呢？

如果对“酒”先存了如此忧恐，不是？人生的“白水”早已预备到他的唇吻旁边？

他对着“水”显见得十分踌躇，智慧在一边念念有词，而热情却满泛着青春的血色，也在一边对他注视。

究竟在“水”与“酒”之间，将何所取？

他的手抖颤着。

迟疑与希求的冲突，他的手向左，向右，都无勇决的力量伸出来，而智慧与热情都等待着：一在嘲笑，一在愤怒。

而且渴念焚烧着他的中心。

唯淡能永，唯无色，无味，能清涤肠胃。人生的日常饮料，如智慧然，此外你将何求？

无力怎能创造，无热怎能发动，无激动亦无健康，此外，即有智慧，不过是狡猾的寻求，而非勇健的担承！

两种声音；两种表现；两种的敌视与执着，对他攻击。

他的手更抖颤起来。

渴念从他的心底迸发出不能等待的喊呼，冲出了他的躯壳。于是这怯懦的人终被踌躅结束了！

而两边嘲笑与愤怒的云翳，仍然互相争长，遮盖了他的尸身。“无人生而为饮水者！”长空中有响亮的声音。

“但‘酒’是人生渴时的饮物吗？”另一种声音恳切地质问。

“能饮着智慧杯中调和的情感，那不是既可慰他的渴念，也可激动他的精神吗？”仿佛是一位公断官的判词。

但被渴死的他的躯壳却毫无回应。

愚与迟疑早把他的灵魂拖去了，那里只是一具待腐的躯壳而已！

1938 年 7 月 10 日

不易安眠

冷雨连宵,你大约"不易安眠"?有时有几声巨响由空际传来,你,开窗四望,一片暗冥,凄冷的雨丝织成密网,网住了这黑夜的"囚城"。楼台,树木,车辆,你都看不分明,只是若干点想冲破昏雾的灯光,若远,若近;在飘动,在炫耀,在孤寂中作光明的散布!

春去了,就是苦涩的莺声也不到这"囚城"中叫唤,况是料峭风雨的中夜。

杜鹃的哀啼,夜莺的幽唱,这些鸟音虽会颤动过多少诗人,旅客,易感伤的青年,情思宛转的女孩子的心,使他们神迷,泪落,心情嵌在缠绵的幻影,时间付与冥想的哀,乐,甚则比以灵魂,听似仙乐。……但现在呢?即有他们的娇歌,哀唱,再不会引你遐想,惹你惆怅!……现实的重负,一支针一滴血地压上苦难者的肩头,火灼,水湮,每个人都分尝到。纵然,音乐般的;或高一步说是精神上的麻醉,可以销魂,可以忘我,可以排遣世虑,可以沉入玄想,但,这至少须有一份略从容的时间,略悠闲的情趣,略轻微的忧郁,方能对他们的娇歌,哀唱,发生飘飘然的清感?

现实呢!便是好作奇想,好动怅惘的古诗人,生活在"囚城"里,你准一千个不相信,甚么杜鹃,夜莺,会触动他古怪的灵感,写得出一首像样的诗来。

凡是一个逃不出现实的苦难者，他情愿在暗夜披衣独起；他的心在热血交流中跃动；他的泪灼烫的堕入肚肠；他的想象是：草莽中，平原中，森林中，河岸港湾上的鲜血；是自由的洪流泛滥过激怒的田野；是暴风疾雨挟着战神的飞羽传遍各地。

原来，这样丑恶纷乱的城市再无须会娇歌会哀唱的小鸟作闲情的哢弄，何况是已变成一座“囚城”；一个存储记忆的“狭的笼”！

春去了，正接着与炎威相争的夏日。谁还在梦幻间眷恋着杜鹃夜莺的娇啭，哀啼？有巨响急传；有骤雨惊飘；有到处散射的光明点。

你听，你看；你往远处往深处坚实地想；……你摸索着拿得住永向着青空向着光辉伸展的枝叶！

这昏暗的夜有破晓的时候？……

“不易安眠。”你是否堕入自己的梦魇？

渐渐感着夜寒了

渐渐感着夜寒了，每天午后，淡淡的流云在萧瑟的上空荡来荡去，没有鲜耀的霞彩，也不是冰雪样的晶白，淡灰，薄暗，飘摇聚散，与草地上初堕的黄叶——有一半还带着深绿色，似墨玉上的暗痕，恰好是上天下地中这已凉天气的伴侣。

这“死城”的色彩不全是黯然么？像患水肿卧毙的僵尸，浮胖，毫无血色的面目，还包上一层污浊的肌痕。将死前，肿胀患者额上的黏汗，暗黄里炼出油光。疮疤不平的，骨撑肤落的道路上面，爬行着恶绿酣红的各样介虫。此外呢，便是每个人的血色心在这“死城”的浮空，地底，抽咽，搐动！

这“死城”的色彩，有的渲染在梦的舞蹈中，也是一片惨然的模糊，而没有明亮的分界。

渐渐感着夜寒了！风卷走着半黄的叶子，追着每个人的脚踪；追着土流的气息，追着茫然失路的飞星，向前去，向前去……疲劳而不止息。

渐渐感着夜寒了！云在暗空里抹着叹泣的泪，号虫在草根间唱着凄清与孤寂的歌。

“死城”的中心，黑死病的菌类繁殖地，迅速地向四外传播。时候已离开易倦懒的暑天，病菌却趁着这未寒时侵袭抗力薄弱的病者。

你没曾看见？空中是淡灰薄暗的秋云；地上初堕下还带有墨玉色的为生命搏斗的黄叶；……“死城”的中心，黑死病的病菌向四方飞扬。

渐渐感着夜寒了！是自然的支撑力的试验，还是毒菌类趁着时季逼人感受恶寒？

色彩，无论如何烘托，终是惨然的画面，并不能强涂成明丽炫耀的浮光。虽然里面还葆藏着“风雨晦鸣”后的新生，到时自可遇到中天的日色与银亮的星辉。现在，这“死城”的黯然，是凄慓间拼力的挣扎，是萧条中沉痛的忍耐，是血球在寒颤的病体里作生死的抗拒？

渐渐感着夜寒了！

不管是甚么颜色的画面，你总得做“御冬”的备办；不拘你的心头是火燥，还是气咽，你总要试到冷刺皮肤的气候。

是午后，是黄昏，是中夜，黯然里，这“死城”没曾缺乏过跃斗，没曾失掉了她的含生的力，云与叶也没曾堕落或飘失了她的活泼的精神，真变成肿跷的僵尸。

以后呢？夜寒初临，这“死城”托着血焰的心将怎样度过未来的冬日？

“五四”之日

以改定“五四”为“文艺节”而言，报章杂志出应时的文字自然须谈文说艺以及与“五四”有何关联的，这才叫文题相符。

我想能够搜集文学革命前前后后的若干资料，加以评论叙说的必以甚多，不需我来把笔，今以数处邀约写写“五四”之日的经过，不获已乃抽暇写此。

距今天已经过了二十八个年头——二十八年！按“人生七十”说已有十分之四的时间：昔日少年今多白发，当年插柳，早已成荫，人生能得几个二十八年？一样的草长莺飞，一样的絮蒙风软，一样，天安门里的碧草宫槐，东四牌楼的车声人语，可是静思深念，从那一年——忽有“五四”的那年起，挨到今年今日，“这其间”风风雨雨，骇浪飞涛，杀人争地，国破家亡，百炼千锤，民穷财尽！我们，幸而不幸，几曾多少经历过这段长长岁月的少年(世间唯有时日公平不过。虚度过几十年，在社会上分利坐食负却当年“知识分子”的空名，抚怀感时能不低头凄叹！)，无论现在是“高踞要津”也罢！“文章华国”也罢；成了书蠹；变为盲人；或东西依附，或南北流浪；或则长埋黄土；或则永阏声闻，或……当时一世，今又一世！然而各位抚今忆往，虽然荣悴迥别，心情有异，但凡与那个开始的“五四”算有关系的能毋有动于中？

荀卿有言；“积微，月不胜日，时不胜月，岁不胜时。”由五四运动说起，当然是一件大事，也就是所谓“大事之至也希”。可是从“五四运动”以来中国的多少事情，微细的因不必尽谈，尽想。而积微成大，这二十八年间有关国家、社会，甚至有关于世界的大事，在我们这片古国的土地上所发动的，武断地说，都与五四运动有关未免不合事理，然而社会的激动，文化的波荡，人民思潮的汹涌，直接间接，由果求因，我们却不能对“五四运动”轻心漠视。

若干讨论“五四运动”之意义或其影响的文章，据我所记，曾经读过的已有好多篇了。自将“五四”改为“文艺节”后，研究“五四”与新文学运动的自然更多，我这篇仓卒所写的文字，只就在“五四”的那一天，亲身近历的为限。

“五四”是民国以来学生运动的第一声，也是震惊全国传遍世界划时代的青年群体的觉悟行动。在“五四”前几天，学生界因受腐败政府历年来丧权辱国的种种事体之激刺，以及媚日借款的恶果，又经新思潮的鼓荡，风声播振，早有“山雨欲来”的必然趋势。不过，那时北京的学生界虽然同心愤慨，并无甚么坚定严明的组织，更不晓得应取何种步骤向全国表示出他们的爱国热情，与震醒麻木的社会的方法。恰好有一个正当题目，即所谓“曹章”向日秘密借款与在巴黎和会上受日本播弄要使中国代表同行签字的大事件。所以头一天忽由北大选派代表至各大学专门学校，各中学，言明第二天都于十二点到天安门内集合，开学生全体大会。至于为何目的开会，开会后有何举动，事先未曾详细宣布。自然，像这样“破天荒”的在逊清宫廷的禁城门内广场上开学生大会向赵家楼进发，可说是顶透新鲜的“新闻”。从清末维新创立学校以来，不但那些循规蹈矩的教授先生们脑子中无此印象，就连大中各校的学生们也是顺流而趋，出于自然。或者，主持开此大会的几位，原先打定开会有所举动——示威——的计划，不愿先广遍声明？也许并无聚众进入曹宅的拟稿？至今我尚不能断言。不过，据当时身经，却以后说为是。似乎并无人预先划定举动的路线，按步进行，而是由于青年热情在临时迸发出来的一场热烈举动。

不管历史作者叙及这段，称为“义举”，或是“暴动”，或是“闹剧”，或是“惊蛰昭苏”的第一声春雷，平心评判，像那等动机纯正，毫不被人利用，也非宣传所使的全体自动的“运动”，与后来无数次的青年运动相比，真不愧是开辟第一次。

5月，恰是旧历的清和节候，在北京天气已然甚暖，学生无单长衫者已多，夹衣者也还有。那时一般大学生穿西服的只是偶有一二，学生短装者亦极少见(中学生穿学校制服者颇多)。所以在是日十二点以前，从“九城”中到天安门内的学生几乎十之八九是长衫人。

我随同校众散步般地达到集合地点，在各校白布旗帜下，三五成群，有的在晒太阳，有的互谈闲话。一眼看去，不像有何重大事件快要发生的景象。而且，平均各校人数到了一半的已不算少，而远在西郊的清华则及时而至。这个群众的总数，若以后来的青年运动动辄上万的相比自不算多(我记忆所及大约共有五六千人)，但在当时，忽然有这么一群学生集合一处，居然各有领导，分执校旗，浩浩荡荡，颇有声势，难怪引动视听。于是一般市民也随着在天安门内外瞧热闹，看局势，奇怪学生们要弄出什么把戏？要在这紫禁城的头门口演甚么说？摆甚么样儿？起甚么哄？

刚刚太阳从正南稍微向西偏了一点，于是有人站在高处力喊“开会”，即时高低不一的行行学生纵队一变而成了团团圆阵，围绕住仿佛司令台的中心。我站的靠后点，那几位激昂愤发大声讲说的人并没看得清晰，一共不过三五个。演辞并不冗长，可是每句话似乎都带着爆发力，往往不等那段话说完，从最近的圆周起齐拍的掌声层层向外扩展。其实，不需完全把那些南腔北调的“官话”听得十分明了，反正是以痛恨卖国官僚，兴兵造乱的军人——与无能而可耻的当时执政者为对象，而表明每个热心爱国的青年学生的“血心”。几阵剧烈的掌声平静下来，忽而高处有人提议：“我们要大游行，反对在巴黎和会签字，质问卖国贼的××部长。”这简单威重的提议恰像业已达沸点的水锅里浇上一滴热油。“游行，归队，质问——问问卖国贼！……”异口同音，把天安门内外跟来“看样儿”的北京人笑嘻嘻的面容顿然抹上一层严冷的霜痕。——有些老实人便吐吐舌尖向前门溜去，生怕祸害的火星迸上脚跟。

预会的各校学生可说好多都没预先想到要集合队伍对当时的堂堂部长有所质询。当时“游行示威”尚是极新鲜极可诧异的奇突举动，我们不要以现在的惯事衡量当年。虽然年纪稍大的学生们当然明白这一天的大会总要有正当的决定，有重大的表示。

我第一次感到群众力量的重大，也是第一次沸腾起向没有那么高度的血流。自经有人大声如此宣布之后，预会的青年不但没有一人否认，没一人走去，而且立刻各在校旗之下，四人一列，听从前面的指挥者，按序前进。于是这浩浩荡荡的学生大队第一次走出了黄瓦红墙的禁城大门，在那时中国首都的通衢与大众相见。

组织上自不推板，有各校早举出的代表（记不清大概是每校两位代表），有指挥员，不过这比起日后愈来愈有规律的学生游行当然显得稍稍凌乱。而每个在行列中的青年却是人人怀着一片热爱国家的心肠，想把兴亡的时代重责毫不谦逊毫不犹豫的搁在自己的肩头。没有交头接耳的琐谈，没有嘻皮笑脸的好玩态度，更没有遵行着“例行公事”的存心。至于“不过这么回事”的那等想法，我敢以己度人，那次的举动完全无此，人人知道这是有新学校以来的创举；人人不敢断定有何结果，郑重、严毅与无形的伟力把五六千人的行列贯穿起来。

微微有西南风，故都中黑土飞扬今尚如旧，不要提几近三十年前，许多街道并没有洒上沥青油或经过压路机的碾平。漠漠风沙中，只凭清道夫用近乎游戏的挑桶洒水，干地稍湿，一会儿积土重飞。您想，这五六千人的有力脚步一经踏过是何景象？

由前门大街转向东去，经东交民巷西口（在巷口时大家立了一会由代表向各使馆递请愿书）至东单牌楼，那时已是午后两点多了。闹市中行人既多，加上瞧瞧新鲜的心理号召，学生队逛大街，怎会不引动北京居民争先恐后的围观。记得这一路上街道两旁凝立列观的民众，学句旧小说的形容话：真是黑压压地赛过铜墙铁壁。

“学生们好玩。”“到那哈去呀？”“走的不推板起军队——真正有板有眼。”“哈！这一阵子巡警大爷可要忙一会儿。”“巡警干吗多管闲事？人家好好游街。……”“可——不是，这世界上透新鲜的事儿多啦。游——街、示——众，哈，这也是示众呀！——”“得啦，您真是会嚼舌根子的大爷！游街示——众，难道这是要上菜市口？”

北京民众的话锋真是又轻松又俏皮，说得不轻不沉，连听见的被评论者也不会引动火气，反而微现笑容。

大多数的学生其实并不晓得那两位声势赫赫的总长公馆所在，因随着大队走去，这才互相传语是往东四牌楼的附近，并叫不出是往那条胡同。在前领导的当然是有所“向往”。

“赵家楼，赵家楼，好生疏的名字。”不但在西城南城各学校的各省学生不怎么知道“赵家楼”是在那儿，连比较靠近东城的，除却自小生长北京的青年，也不十分清楚。北京的大小胡同本来数说不清，一辈子的老北京有时被人问某条胡同，不见得便会随口答出。东四牌楼一带各大学学生已经生疏，何况是再向东去，转弯抹角那个冷静的小胡同。大家走到东城，已被飞扬尘土将眉毛鼻孔抹上了黄灰颜色。空中时有浮云，太阳也不怎么明朗，可是燥热得很，呼吸觉得费事。“上赵家楼，上赵家楼！”不知怎的，快到目的地了，这名称才传遍行列之中。

起初，一道行来，并无制服巡警前后追随，或有便衣侦缉人又看不出。但一到东城情形显见紧张。稀稀落落在站岗的巡警并未加多，时而有一两辆自行车由大队旁边驰过。上面明明是黑制服白帽箍的干警，这在当时的北京巡警厅中并不很多。他们虽然像阵风般的掠过，即在没有经验的学生看来也猜到定有作用。

由大街向东，似是转过好几条小街，巷子弯得很像羊角。——一条狭长的冷巷。原是四人一列的队伍，因为巷窄不得不密集起来，肩背相摩。（现时的人看到这段定然在心中加以反驳：“既是身任总长，难道没有一辆大型汽车？四人一列还要密集的窄巷子，那汽车如何出入？这不是有点不近理？”但请记明，那时北京的汽车可真算罕见之物——连上海也无多。所谓要人之流，有一辆自备的华美马车，已经动人耳目了。）在巷内所过却少高楼大厦。可也奇怪，由前门至此，大街小街的店铺，住户，无不在门口堆上一些老幼，男女，立观学生队的通过。一进“赵家楼”，如果我的记忆还靠得住，我敢说经过的门首却是双门紧闭，巷中也无一男一女伫立旁观，一片异感在各人心头荡动，不免窃窃私语：“也许曹公馆有大兵把守？也许一会就有巡警马队来捕人？也许早早备好了打手？……”

不安的心情有时反而更增加前进的勇气。如高低起伏的波涛，前面有人在开始喊口号了：“打卖国贼。”“要曹某出来把秘密借款讲出。”“冲进他的公馆。”

也似有人在喊末一个口号，但应者较少。——我原在队伍的中段，与比我大几岁的一个族侄晴霓并列。忽而前面的人都停住了！队伍过长，又是肩背紧接，万不会把尽前头的举动看清。而指挥者这时也似都在前面，人人不知为何原因？出了什么差子？也当这时，高喊的声音起一会，落一会，在惊疑愤恨中，是进是退，无所适从。有些不耐的青年便从行列中冲出，塞向前去视察详情。本来，大家积在狭长的曲巷中，疲劳之后早已引起心理上的烦懑，经此小小纷乱阵脚自然微见松动。突然有一阵竹木击打的响声从前面传出，不很剧烈，但明明是冲突了，动手了，谁都可以猜到。学生队出发时人人徒手，实无竹木可携。是守门者不许进去下手逐退学生？或是军警有所举动呢？非有相当气力的自然向前冲不去，即要后退，四人一列的两边，十分窄狭，更不容易。

正在这时，忽而又一阵大响，于是稍前面有人在喊：“进去了……打……火……”一阵扰动，行列大乱。又有人喊：“走走！军队快要开来了……”“不！冲冲，冲上前去！”

可是前冲的迫于层层行列不易突出。……再几件杂乱声音，不知怎的，前面的人强推硬擦，把在后的人层更向后压。动力所及，人人脚步不易立稳，急流退潮，一股劲地压下去。在队伍的末后尚易让开，或先行奔走，在最前面的已走入那所高门楼的公馆。所苦的中间一段，前去无力，后退亦难，反被前方急退下的人猛力挤倒。——这才是真实的退潮巨力。在我左右前后的人立时有若干爬在尘土之中，力气大的则更将在后的推塞一下，乘隙奔去。说是踏人而过未免夸张，但那种凌乱狼狈的形状，至今如在目前。又多是穿着长衫，倒下不待爬起，衣角、鞋子被人踏住，加上自个急作挣扎，于是衣服破片，皮鞋，布鞋，东一片西一只，却并无人顾或者没了生命。这种不待思索的保卫本能，使得在行列中间的人们或跌或奔，着实不堪。

遗落在地的以呢帽为最多，种种颜色，正放歪置，无人顾惜，脚践，尘埋，如同一个个的小土馒头。

我亲眼看见一位的大褂把正襟缺了，一位的两只脚却穿着黑白不同的鞋子。（一只黑皮鞋，一只白帆布鞋。大约这位还是颇聪明的青年，虽在十分匆遽之中，他明白没有鞋子不能跑路，且是一个确切证据。宁愿缓奔一步，随手捡得一只套在脚上，颜色不同总可奔走。）

我自己呢，说也惭愧，从实被人向后推倒（层力所及）。覆卧地上幸未被踏，立时爬起，两手全是黄泥，衣扣多破（那天我穿了一件爱国布夹衫），并且下唇还被小石块碰了一下，微微作痛。

叙我自己不能不把我那位族侄更受伤痛的有趣情状写出（恕我对这位已经去世两年的人用此二字）！他那时已是大学二年级第二学期的学生了，所学的是商科，平常好的却是写草字，刻图章，他向不急闷，无论有何事情依然故我，这次我们从同一个寓所出来，在同一行列中游行，也同时被急潮向后推倒，他不像我完全覆卧，因为原站的靠得墙根，恰好有辆载住两大圆桶的水车停在那儿，车夫不知有此大事，却因学生众多不能推行，只好将绊绳卸下，待在一边瞧热闹，晴霓被前面力压，一个翻转；身子向后倒时，上半段被车上圆桶拦住，两条腿打了空没落尘埃，可是一只左手急碰着桶上的铁箍，掌下边一片血渍，痛不自顾，用旧衣里抹了两下，用脏手绢半包半扎的将就着，他把长长的浓眉蹙了一下。

"走,咱得快,不要等着踩!"

我们就这样急随大群奔出狭巷,因为声音太乱,那所公馆中究竟成何景象,即有退出的勇士他的讲述也听不真切。

向来路去,出了胡同没有几十步,又到东四牌楼的南北大街。纷落的学生几人一起,各自走散。我与晴霓仍想多知道一点实情,尽着探问稍后走出的学生。据说:竹木响动是大门的守卫以竹竿向最前面的领导者攻击,因而惹起众怒,遂即闯入,有的攻入内院的,颇踊跃的数说屋中有什么陈设,说公馆的女眷由后门走出,学生们绝未伤及她们,那位总长呢却没有看见。至于如何起的火也并不知,有的报告仅是被褥被焚,延及室中天棚,一会就救下了。走后,有几位气喘吁吁的刚刚奔到的,则说军警确已开到,在那公馆里外没有走及的已被捕去。

然而街上并没戒严,也无人对学生们追逐,质问,任管散去。

及至我与晴霓乘车走出前门,已是五点多了。

实因被跌出血,身体痛楚,故即时上了人力车,拉到睛霓较熟的一个浴堂里去。洗一回澡,吃过两壶酽茶,精神上才感到恢复正常。

坐在人力车上我方知道我那一顶呢帽也丢在"赵家楼"的窄狭退战场上了。

这晚上我们回到寓处正值张灯的时候。有数位加入游行与未加入的壮谈这半天的经过,有的则知校中何人被捕,见我与晴霓回来当然有一番详问。在这群乱糟糟的交谈中,有个原患十几天伤寒的同学,因病没有在场(数日发高热不思食饮),他突然从卧床上一跃而起。

"我的病也好了!——我后悔没到天安门去!"

"啊!难道真有治愈头风的效力?"晴霓抿着嘴唇道。

"这是场历史的大事件!今天是壮烈痛快的纪念日!——瞧瞧明天的北京报,教授们的言论,学生会的活动,给全中国一个震雷。啊!从今天起……中国一定要改了面目了。"

"打酒打酒,喝个痛快。"晴霓忘了手上的血口,向木桌上捶了一下,紧接着"啊唷"一声,全屋中的人才知道他受过伤。

“好!”一位年龄最高而是后来在北京上海出席学生联合大会的代表,他瞟了一眼嚷道:(如今,他连任某大学校长已有相当的年岁。)

“晴霓还有纪念品? 五月四日! 我倒要特别的握一握你的伤手。”

“可惜前面的人不镇定,叫中间的队伍吃了亏。”

晴霓摇摇头,悠然的像在唱诗:“中间人不前不后,冲不快退不及,吃点小亏可不失为中坚分子! ——咱是一个。不信? 以手为证。”于是笑声大纵,连雇的厨役也抹着白围裙立在门侧,凝神倾听。

这一晚上,凡有学生住处无不议论纷然,情绪激昂。而暗夜沉沉的京城也被“赵家楼”的事件映放出一片曙光。

同时,这片东方的曙光射遍了全中国。

从是日起,揭开了中国史的“新”页。

1947 年 5 月

旅痕处处

青岛素描

从北平来，从上海来，从中国任何的一个都市中到青岛来，你会觉得有另一种的滋味。北平的尘土，旧风俗的围绕，古老中国的社会，使你沉静，使你觉到匆忙中的闲适，小趣味的享受。在上海，是处处摩仿着美国式的摩天楼，耀目的红绿光灯，街市中不可耐的噪音；各种人民的竞猎，凌乱，繁杂，忙碌，狡诈，是表现着帝国主义者殖民地的威风派头。然而青岛，却在中国的南方与北方的都会中独自表现着另一副面目。

“青山，碧海，红瓦，绿树。”康有为的批评青岛色彩的八个字，久已悬悬于一般旅行者的记忆之中。讲青岛的表现色，这几个形容字自然不可移易。初到那边的人一定会亲切地感到。

我早有几次的经验，不是初来此地的生客。然而这一个春季，我特别在这个美丽的地方借住于友人的家中，过了几个月。有许多很好的机会，使我看到以前所未留心的事物。

这地方的道路，花木，房屋的建筑，曾经有不少的人写过游记，似乎不必详谈。然而从另一种的观察上看去，这里一切的情形是混合着德国人的沉重，日本人的小巧，中国固有的朴厚。经过重要街道，你如果是个留心的观察者，可以从街头所有的表现上看得出。

譬如就建筑上来说，这是最能显示一国的民风与其文化的。青岛在荒凉的渔村时代，甚么也没有。自从世界上震惊于德国兵舰强占胶州湾以后，一年一年的过去，这里完全变像了。为了德人强修胶济铁路，沿铁路线的强悍的山东农民作了暴争的牺牲者，人数并不很少；可是在另一方面，为了金钱，为了新生路的企图，靠近胶州湾几县的农民，工人，用他们的汗血与聪明，在德国人的指挥之下，把青岛完全改观。深入大海中的石壁码头，平山，开道，由一砖，一木，造成美好坚固德国风的高大楼房。他们有的因此得了奇怪的机会，由一个苦工后来变为有钱有势的人物，有的挣得一份小家私，不在乡间过活，也有的一无所得，或者伤了生命。但青岛的建设事业如其说是凭了德国人的头脑，还不如说是胶东穷民的血汗。自然，一般人都颂扬德国人的魄力。然而我看到这几十年前的海滨渔场，现在居然变为四十多万人口的中等都市，这其间的辛苦经营，除掉西方的机器文化以外，我们能忍心把中国一般苦工的力量全个抛去？

欧战之后，乖巧的日本人承袭了德国人强占的军港，于是太阳旗子，木屐的响声，到处都是；于是又一番的辟路，盖屋；又一番的指挥，压迫。无量的日本货物随着他们的足迹踏遍山东的全境。而一般在这个地方辗转求生的中国人，只好把以前学会的德语抛却，从新学得日本言语，文字，再来做一次的奴隶。

这是有甚么法子！“在人矮檐下，怎敢不低头！”于是中国人的心目中觉得那迥非前时可比了。德国人像一只掠空的鸷鹰，他单捡地面上随时可以取得的肥鸡，跑兔；至于小小虫豸则不足饱他的口腹。他是情愿把小小的恩惠赏给奴隶们的。可是××人却不然了。挟与俱来的：街头的小贩，毒品的制造者，浪人，红裙队，甚么都来了。一批一批的男女由大阪，神户向这个新殖民地分送。于是以前觉得尚有微利可求的中国居民也渐渐感到恐慌。因为对××人的诅恨，更感到德国人的优容。直到现在，与久居青市的人民谈起话来，说到这两位临时主人，总说：“德国人好得多，××最下三烂！”这是两句到处可以听到的话。

主人是换过了，虽然待遇不比从前好，怎么样呢？因为各种事业的开展仍然最需要苦工。而山东各县的景况恰与这新开辟的都市成了反比例。连年内战，土地跌价，一般农民都想从码头上找生路。于是蓝布短衣，腰掖竹烟管，带围笠的乡民也如一般××的找机会的平民一样，一批一批地由铁路，由小帆船运到这可以憧憬着甚么的地方中来。

从那时起，军港的青岛一变而为纯粹的商港。聪明的××人知道这里还不是久居之地。也不作军港的企图。把德人的修船坞拖回他们的国内，德人费过经营的沿海要塞的炮台，内部完全破坏，只要有利可图，能够继续占有德人在沿铁道的企业，如煤矿，林业，房舍，种种，他们一心一意来做买卖。直待至太平洋会议时，摆了许多架子，在种种苛刻的条件下，算是把这片土地付还中国。

历史，自有不少的聪明历史家可以告诉后人的，现在我要单从建筑上谈一谈青岛的混合性。

看一个国家或是一个地方的文化，善于观察者从一方面即可推知其全体。即就建筑上说，很明显的如爱司基摩人的雪屋，热带地方人住的树皮草叶的小屋，近而如日本人好建木板房子，而中国北方就有火炕。由于气候，习惯，建筑遂千差万别。从这上面最易分别出一国家一地方的民性。至于更高尚的，如东方西方的古代建筑，何以意大利有许多辉煌悼异的教堂，而埃及则有金字塔？正如中国有著名的长城一样。所以有此的缘故，并不简单，要与其一国的地理，历史，风尚，人民的性质俱有关联。这不是几句话可以说明的。

德国的建筑移植到中国来，当然青岛是一个重要地方。在初时一般人只知道德国人在大清府（这是一个不见于历史的名词，乃是山东胶东一带人民在二十年前叫青岛的一个自造专名词，到底是大青还是大清，却无从知道。）盖洋楼，自然是在几层上面，有尖角，有石柱，有雕刻，有突出嵌入的种种凉台，窗子，统名之曰洋式而已。实在直到现在，凡是留心的人还能由这些先建的洋楼上，看出德国人的沉鸷交勇的气概。例如青岛著名的建筑物，现在的市政府与迎宾馆，以及当年德国人的军营，现在的山东大学与市立中学校。那些建筑物，除掉具备坚固，方正，匀称，高大的种种相之外，你在它们旁边经过，就觉得德国人凡事要立根很深的国民性有点可怕；同时也还有其可爱之点。当初他们对这个港口实在是花过本钱的。究竟不知是多少万马克汇来东方，经营着山路，海堤，森林，铁路，一切事他们早打定了永久的计划，所以都从根本上着想。建筑也是如此。现在凡过青市生活略久一点的人，走到街上，单凭看惯的眼光，便能指出这所房子是德国人盖的，那是××的玩意，是中国式房子，十有八九错不了。自然的分别，就譬如眼见各人的面目不同一样。

有形势与作风，自古代，建筑是与音乐，绘画，并列入文艺之内的。因为它表现着时代精神与人民生活性的全体，而愈长久的建筑物却愈能代表那一个国家一个地方的最高文化。端庄中具有稳静的姿态，严重形势上包含着条理与整齐。不以小巧见长，同时也不很平板。恰好与日本人的建筑物相反。日本在维新以后，初时处处唯德国是仿，然而连形式也不对。由日本占青市后建造的神社及其他住房上看，很清楚，他们只在玲珑，清秀上作打扮。是一个清瘦精细的女孩，而没有"硕人颀颀"的神态。至于完全出自中国人的意匠所盖的房屋，除却照例的二三层商店房式之外，其他的住房多半是整齐，方正，很能在新形式中仍存有固有的风姿。近年也有几处从上海移植来的所谓立体建筑物。

青岛的建筑是这样混杂着。可以由此推知以前的青岛是如何受了外国的影响。

"不错，这名称不是空负的。据我所到的地方，就连德国说在内，像这么美好适于居住的城市也不多。"

正是一个春末的黄昏，我的亲戚C君——他是一个留德的医学博士——在凉台上告诉我，因为我们又谈到这东方花园的问题。

"我爱这边的幽静，而又不缺乏甚么，可是有人说这边没有中国文化，但怎么讲呢？文化两个字解释起来怕也费劲！自然许多人在热心拥护古老的文化精神，是甚么呢，你说……"我呷着一口清茶望着电灯微明下的波光慢慢地说：

“哼！文化！中国的古老文化不是上茶馆，抽水烟，到处有的杂货摊？甚么东西只要古香古色的那就是！……至于说真正的中国固有文化的精神，你以为在那里？难道在北平，在济南，在各个大都会里？我们到那些地方也只看到古老文化的渣滓，真正可爱的古文化的精神在那里？……”

“所以啦，我以为在这里反倒清静些。……”他感慨地叹着，又加上一句断语。

“本来我对这一句话也认为有点难讲。这地方没有中国古老的文化，也许容易造成一个崭新的地方。因为以前没的可保守。所以一切事都容易从新作起。虽然是否能造成另一种更好的文化还不可知，然而至少要把那些文化的没用的渣滓去掉，也并不难——我知道这边的人民诚实，朴厚，做起事来又认真，虽然不十分灵活，可是凡到本处来的人却很能了解。又配上这么幽静而又有待发展的地方，在国内，青岛的将来是不缺少好希望的。”

C君因为我的乐观。便在小桌上用手指敲一下道：

“你可不要忘记了××人！”

这是每个在青岛住的久稍有点知识的人时时容易想到这一个严重问题。××人，虽然似乎大量地把这个地方奉还原主，然而铁路的值价，保留的房产，沿铁道线的种种利权，依然都在他们的掌握之中。兵舰是朝发夕至，对于这个好地方的未来，谁也怕××人再来伸手！

“你想这边××的余势还有多少？重要商业与航运的便利，几乎全被他们所操纵。现在青岛的平和能维持到那一年，天知道！——可是这也不必多虑了。想不了那一些，另外我可告诉你，为甚么近十年来这海边小都会人口渐渐加多？不是做生意的人说不好么？不景气么？然而各县，各乡村中的不安定较这里更厉害，就使吃饭便好，那些用手脚来谋生的人往外跑，一年比一年多，各处一例。所以在这里也看出人口增多，而事业并不见大发展的原故。”

他怕我不明白这种情形，所以尽力的解释。但是我正在靠山面海的凉台上向四方看去。稀稀疏疏的电灯光映着那些一堆一撮，高下错落的楼房。海边就在我们坐的楼下。银色的波涛有节奏似的撞着石堆作响。静静的海面只有几只不知那国的军舰，静静的停泊着。黑暗中海面的胸衣慢慢起落。在安闲平静中却包藏着甚么中国，日本，农村，商业的重大问题。这时我另有所思，答复C君道：

“唉！这人间的苦恼，永久的争斗，从古时到现在，没有演奏完了的时候，今夕何夕？你看，这么好听的涛声，这样好的境界之中！……”

“你是‘想今夕只可谈风月！’哈哈！……刀！”

“……”

“是的，本来人是在环境中容易被征服的动物。刺激愈重，动力愈大，从前在德日帝国主义者的铁骑下的中国居民，虽然是被保护者，可是他们究竟还感到压迫的不安。现在大家除却作个人的生活竞争之外，在这幽静的新都市中住惯了的人，差不多随了环境也都染上一种悠闲的性质。就以生活较苦的人力车夫来作比，你看他们与上海，天津，汉口，北平各处他们的同行可一样？”

“不同，不同。青岛市的车夫穿得整齐，他们争坐也不像别的地方那么厉害，甚至吵骂，挥拳头。差得多这是谁都看得出来的。”

“原因？……原因就在这里的钱较容易赚，虽然生活程度并不低于别的都会。外国人多一点，贫苦生活的竞争是有的，然而比别的都会也还差些。”

我听了C君的结论，不敢十分相信，然而也无可以驳他的理由。我忽然注目到凉台下面的几棵樱花树，电光下摇动她的花瓣落在青草地上。

“啊！是了。这几天我只从街道旁边看过樱花，没曾专往公园的樱花路上去观观光。……”

“这还是日本风的遗留。自从日本人占了此地之后。栽植上不少的樱花树，每年还有一个樱花节在四月中举行几天，与在日本一样。现在这节日自然是取消了，可是每年花开的时候，车马游人依然是十分热闹。

春季与盛夏是青岛最佳的时候——所以无论如何，青岛的居民是谈不到秋冬令的感受与刺激的！”

C君很俏皮地这么说，我也明白他也有点别感，话并不直率。可是我一心要拉着他外出游观，便与他订明于第二天一早出发往公园与青岛市外。

沿着海岸的太平路，莱阳路，随了汽车队的穿行，这真给我以重游的满足。一面是碧玻璃明净的大海，一面是山上参差的楼台。汇泉一带的新建筑与团团的一大片草场，那么柔又那么绿。未到公园以前便看见比乡镇赛会热闹得多的游众。公园的玩艺很多：水果摊，咖啡店，照相处，小饭店，都在花光树影下叫卖着。不是看花，简直是“人市”。

实在这广大的中山公园的美点并不止在这几百株的樱花身上，有许多植物从德人管理时代移植过来，名目繁多，大可供学植物者的参考：据说因为德人要试验这半岛上究竟宜种何种植物，便尽量的撒布下各种植物的种子。……再则是最娇美的海棠在这边也成了一条路，路两侧全是丽红粉白的花朵，其实比满树烂漫的樱花好看。

剪平的园草地，有小花围绕的喷水池，难于一一说出名字的各种松柏类的植物，熏人欲醉的暖风，每个人都很欣乐地在这自然的美景中游逛，说笑。我因此记起了C君夜来的谈话，不禁使自己也有点惘然之感！

因为太喧闹了，我们便离开这里往清净的海浴场去。

还不到海浴的时候，一大片沙滩上只有那些各种颜色的木板屋，空虚地呆立着。没有特制大布伞，没有儿童的叫嚷，没有女人的大腿与红帽。静静地看，由这处，那处，一层层泛荡过来的层波，轻柔地在沙边吞啮着。恰巧这不是上潮的一天，浅水，明沙，分外显得有趣。我们脱了鞋袜用海水洗过脚，在沙滩上来回的走着。看这片深碧色浮映着一种可爱的明光的圆镜，斜对面的青岛山，小小的山峰孤立在那里，披上春天的薄衣。小的浪花疲倦地，迟迟地，似一个春困的少女的呼吸，由不知何处来的那股冲动的力量使她觉到不安，可又不能作有力的挣扎。沙是太柔软了，脚踏下去比在波斯织的毛毯上还舒适。是那么微荡地又熨帖地，使脚心的皮肤感到又麻又痒的一种快感。

风从海面斜掠过来，挟着微有咸湿的气味，并不坏，因为一点也不干燥。

空中呢？在这海边的天空是最可爱的，尤其是春秋的时候，晴天的日子那么多，高高的空中，明丽的蔚蓝色，像一片彩色的蓝宝石将这个海边的都市全罩住，云是常有的，然而是轻松的，片断的，流动的彩云在空中时时作翩翩的摆舞，似乎是微笑，又似乎是微醉的神态。绝少有板起青铅色的面孔要向任何人示威的样儿。而且色彩的变化朝晚不同。如有点稍稍闲暇的工夫，在海边看云，能够平添一个人的许多思感，与难于捉摸的幻想。映着初出海面的太阳淡褐色的微绛色的云片轻轻点缀于太空中。午间，有云，晴天时便如一团团白絮随意流荡。午后到黄昏，如果你是一个风景画家，便可以随时捉到新鲜，奇丽的印象。从云彩，从落日的渲染，从海对面的山色上使你的画笔可以有无穷的变化。

这上午我同C君在沙滩上被甚么引诱似的坐了许久的时候，时时听到岸上车马来回的响声。

C君为要另给我一种印象，叫了一部马车把我们载到东西镇去。

那像青岛市中心的首，尾。东镇在以前是与市区隔着一条荒凉的马路，两旁还是野田。这些年那条路却成了日本居留民的中心地带。由日本神社的下面往东走，好长的一条辽宁路，两旁的生意至少有一半是挂着日文的招牌。这是公共汽车与各处长途汽车向市外走的要道。东镇原是一个小小的村庄，现在成了工人小贩的住居区。自然，马路，电话，汽车，那样都有，可是旧式的黑板门，红门对小店铺的陈设，冷摊的叫卖者，仿佛到了中国较大的乡村一样。这里很少摩登的式样。有不少的短衣破鞋的男子，与乱拢着髻子仍然穿着旧式衣裤的女人。小孩子光着屁股在街上打架。拾蚌螺的贫女提着柳条筐子从海边回来。这便是青岛的贫民窟么？不对，究竟得算高一级的。不过当我们的马车经过几条冷落的小街道时。看见矮矮的瓦檐下，门口便是土灶，有的还有些豆梗，高梁，似是预备作燃料用的。窄窄的红对联不免有“一元复始，万象更新”的吉利话。三个两个穿红裤子蓝布褂的女人，明明是乡间的农妇，可是满脸厚涂着铅粉，胭脂，向街上时用搜索的眼光找人。经过C君的告诉，我才知道这是最低等的卖淫者，大约是几角钱的代价吧。这边有的是普通工人，干粗活的，拉大车的，有一种需要的消费，便有供给的商品。

“你没看见那些门上有一盏玻璃罩的煤油灯？那便是标识，经过上捐的手续，她们便可在晚上点灯，正式营业——其实这些事谁还管是夜里，白天！”

C君即速催着马车走过，我疑的他这位医学家是怕有甚么病菌在空中传布吧。

由东镇再转出去，便是著名工厂地带的四方。触目所见全是整齐的红砖房子。银月，大康等日本人的纱厂都在这里。男女工人在上工放工时，沿四方到东镇的马路上，全是他们的足迹。出东全省人民日常穿的粗衣原料，这里便是整批的供给处。不错，几万的工人在这到处不景气氛围中，似乎容易发生失业的问题。在青岛却差得多，生意，与一切便宜的关系，横竖各个乡村谁不需要一件洋布衣服穿，价廉而又广泛的推销贩卖，这个地方的各个大机器很少有停止运行的时候。

四方这地方就因为若干大工厂的关系，变为工人居住的区域。又加上胶济铁路的机厂也在这里，所以我们在这一带所见到的便是短衣密扣的壮年男子，梳辫剪发的花布衣裳的姑娘，煤灰，马路上的尘土，并且可以听到各种机件的响声。

西镇是紧接着青市的中心市区，除了经过火车道上面韵一条大桥之外，并无甚么界限。虽然也似乎杂乱，却较东镇整齐得多。小商店，与一般职员的住房很多。

日落时马车转到青市的最西偏处。那是著名的马虎窝。海岸上的木板屋与草棚，中间有不少的家庭在这荒凉的地方度日。

“这才是青岛的贫民窟。你瞧：与南海岸的高大楼房相比，以为如何？……”C君问我。

“那个都市不是这样！到处都是一律。但我总想不到在这美丽的都市也还有这么苦的地方。”

“傻人！愈是都市愈得需要苦力。没有他们怎么能造成各种享受的事物。一手，一足的力量是一切最需要的。而上级的人士他们宝贵他们的头脑，更宝贵他们的手足。机械还不能支配一切，于是苦力便需要了。所以你以为东镇的小屋是最低等，瞧这儿！……”

我在车中不停地注视。矮矮的木屋，有的盖上几十片薄瓦，有的简直是用草坯。鸡栅便在屋旁，疲卧的小狗瞪不起警视的眼睛，与西洋女人身后的狼犬不可比量！全是女人，孩子，她们的男子这时正在赚馒头吃的地方工作，还没有回来。

澎湃的涛声在这片荒凉的海岸下响着单调的音乐，向东望，几处高高矗立的烟突，如同一些高大的警察在空中俯瞰着一切。

“平民的房屋现在正在建筑着，然而怎么能够用。这不是一个问题？”C君说。

我没回答他。马车穿过这里，一些黄瘦污脏垂着鼻涕的孩子前前后后的呆看。

渐走渐近，不到半点钟而市中心的红绿光的商标已经放射出刺激视觉的光彩，而流行的爵士音乐，与“我爱你”的小调机片声音，也可以听得到了。

夜间，我独自在南海岸的杂花道上逛了一会，想着往海滨公园，太远了，便斜坐在栈桥北头小公园的铁桥上面前看。新建成的栈桥.深入海中的亭子，像一座灯塔。水声在桥下面响的格外有力。有几个游人都很安闲地走着，听不到甚么言语，弯曲的海岸远远地点缀着灯光，与桥北面的高大楼台的相映，是一种夜色的对称。

一天重游的所见，很杂乱地在我的脑中映现。我想：不错，这么静美而又清洁，一切并不比大都市缺乏甚么的好地方，无怪许多人到此来的很难离开。可是从另一方面说，还不是一样，也有中国都市的缺陷。或者少点？虽然静美，却使人感到并不十分强健。理想的境界本来难找,可是除却沉醉于静美的环境中,想一想中国都市的病相,竟差不多!譬如这里,已比别处好得多,然而有甚么更好的方法可以使这个静美的地方更充实与健康呢?

我又想了,这问题是普遍于各大都市之中的。

1934年3月19日

吉　刹

——姑苏游痕之一

离开沧浪亭，穿过几条小街，我的皮鞋踏在小圆石子碎砌的铺道上总觉得不适意；苏州城内只宜于穿软底鞋或草履，硬邦邦地鞋底踏上去不但脚趾生痛，而且也感到心理上的不调和。

阴沉沉地天气又像要落雨。沧浪亭外的弯腰垂柳与别的杂树交织成一层浓绿色的柔幕，已仿佛到了盛夏。可是水池中的小荷叶还没露面。石桥上有几个坐谈的黄包车夫并不忙于找顾客，萧闲地数着水上的游鱼。一路走去我念念不忘《浮生六记》里沈三白夫妇夜深偷游此亭的风味，对于曾在这儿做"名山"文章的苏子美反而澹然。现在这幽静的园亭到深夜是不许人去了，里面有一所美术专门学校。固然荒园利用，而使这名胜地与"美术"两字牵合在一起也可使游人有一点点淡漠的好感，然而苏州不少大园子一定找到这儿设学校；各室里高悬着整整齐齐的画片，摄影，手工作品，出出进进的是穿制服的学生，即便不煞风景，而游人可也不能随意流连。

在这残春时，那土山的亭子旁边，一树碧桃还缀着淡红的繁英，花瓣静静地贴在泥苔湿润的土石上。园子太空阔了，外来的游客极少。在另一院落中两株山茶花快落尽了，宛转的鸟音从叶子中间送出来，我离开时回望了几次。

陶君导引我到了城东南角上的孔庙，从颓垣的入口处走进去。绿树丛中我们只遇见一个担粪便桶的挑夫。庙外是一大个毁坏的园子，地上满种着青菜，一条小路逶迤地通到庙门首，这真是"荒墟"了。

石碑半卧在剥落了颜色的红墙根下，大字深刻的甚么训诫话也满长了苔藓。进去，不像森林，也不像花园，滋生的碧草与这城里少见的柏树，一道石桥得当心脚步！又一重门，是直走向大成殿的，关起来，我们便从旁边先贤祠，名宦祠的侧门穿过。破门上贴着一张告示，意思是崇奉孔子圣地，不得到此损毁东西，与禁止看守的庙役赁与杂人住居等话（记不清了，大意如此。）。披着杂草，树枝，又进一重门，到了两庑。木栅栏都没了，空洞的廊下只有鸟粪，土藓。正殿上的朱门半阖，我刚刚迈进一只脚，一股臭味闷住呼吸，后面的陶君急急地道：

"不要进去，里面的蝙蝠太多了，气味难闻得很！"

果然，一阵拍拍的飞声，梁栋上有许多小灰色动物在阴暗中自营生活。木龛里，"至圣先师"的神位孤独地在大殿正中享受这霉湿的气息。好大的殿堂，此外一无所有。石阶上，蚂蚁，小虫在鸟粪堆中跑来跑去，细草由砖缝中向上生长，两行古柏苍干皴皮，沉默地对立。

立在圮颓的庑下，想象多少年来，每逢丁祭的时日，跻跻跄跄，拜跪，鞠躬，老少先生们都戴上一份严重的面具。听着仿古音乐的奏弄，宗教仪式的宰牲，和血，燃起千枝"庭燎"。他们总想由这点崇敬，由这点祈求：国泰，民安……至于士大夫幻梦的追逐，香烟中似开着"朱紫贵"的花朵。虽然土，草，木，石的简单音响仿佛真的是"金声，玉振"。也许因此他们会有一点点"前不见古人，后不见来者"的想法？但现在呢？不管怎样在倡导尊孔，读经，只就这偌大古旧的城圈中"至圣先师"的庙殿看来，荒烟，蔓草，真变做"空山古刹"。偶来的游人对于这阔大而荒凉破败的建筑物有何感动？

何况所谓苏州向来是士大夫的出产地：明末的党社人物，与清代的状元，宰相，固有多少不同，然而属于尊孔读经的主流却是一样，现在呢？……仕宦阶级与田主身份同做了时代的没落者？

所以巍峨的孔庙变成了“空山古刹”并不希奇，你任管到那个城中看看，差不了多少。

虽然尊孔，读经，还在口舌中，文字上叫得响亮，写得分明。

我们从西面又转到甚么范公祠，白公祠，那些没了门扇缺了窗棂的矮屋子旁边，看见几个工人正在葺补塌落的外垣。这不是大规模科学化的建造摩天楼，小孩子慢步挑着砖，灰，年老人吸着旱烟筒，那态度与工作的疏散，正与剥落得不像红色的泥污墙的颜色相调合。

我们在大门外的草丛中立了一会，很悦耳地也还有几声鸟鸣，微微丝雨洒到身上，颇感到春寒的料峭。

雨中，我们离开了这所“古刹”。

1936 年 4 月

荷兰鸿爪(节选)

一　夜车

在柏林若干日的勾留,使我从这都会的表面上略略晓得 NAZI 的威势与德国人民的情形。这里的熟人不少,尤其高兴的是与我的侄子参令朝夕相见。他在柏林大学快两年了,柏林的街道较熟,引导我参观,游玩代作翻译。恰好在暑假中,所以他的工夫还多。然而我为时间所限,虽可享受登记马克的便宜,也不得不整装他去。

由英法去的几位学生差不多每天晚上在中国的饭馆里遇得到,机会凑巧我与同住伦敦的杨君都想取道荷兰渡海回英,于是我们便结成旅伴了。

9 月底的某一个晚上,同参令,杨君,还有来送行的几位友人,一位德国女士在夏劳吞堡车站上候车,很清冷,没有多少人,远远浮听着市中的嘈音,我们在徘徊时谈着祖国的近况,朋友的行踪,异邦偶遇,各奔前途,当此清秋之夕各人都有难以言说的感怀,离思中更添上一层怅惘!

9 点,车到了,我与杨君提了简便行李上车,与大家握手相别。轰隆声动已离此"血脉偾兴",歌舞,叫嚣的大都市而去。

德国的二等车已很讲究，那一个房间中恰巧只有三人，我与杨君同坐一长榻。对面只有一位五十多岁的胖子，短胡子，红脸膛，金表链，凸肚皮，有点气派，一定是资产阶级中的人物。他起初坐在那里端端正正地吸雪茄烟。我们谁也不理谁，但幸而有我在车站上新买来的一份伦敦《泰姆士报》，却成为与对面旅客的介绍者。

“你们从英国来的么？”胖子打着英国话问。

“是的，但我们在柏林已经住过些日子了。”我说。

“报，我瞧瞧。”他的话毫不客气。

报拿在手中，刚刚翻开，他立刻丢在绒榻上，将右手往衣袋里一揣，摇摇头。

“怎么说？他们的报不是说我们——德国人在柏林街道上天天预备战争，训练青年要作第二次大战么？”

“嗯”我还没有说，杨君谈然地回答他：

“有是有的，报上的通信这么说，不过……”

胖子把夹雪茄的手指从口上拖下来，扣着桌面愤愤地道：

“你们在德国曾看见过这等情形？”

“没有——即使是真我们也看不出来——不过你的意见如何，对于英国人？”

杨君一本正经地，如同新闻记者的质问。

“哈哈，你提英国人！”他马上把笑容敛住。红红的粗皮脸上罩一层霜。

“英国人狡狯得很，他们净挑剔我们的不是，却看不见自己。你知道，德国自从大战后筋疲力尽，弄到现在好容易立起来了，英国人却不高兴。面子上和平，心里辣，危言耸听，使世界都觉得惊恐！……哼，无用，我们德国人做事正直，光明，有那一天便干那一天的！”

他用拳头重重地把半开的报纸捶了一下，表示他的愤慨。

如此一来我们这两个中国人却觉得不好说什么了。无疑，他是一个党人，年纪不小了，劲头真足。无论如何，我想这比中国人的从容礼让在围城中讲《老子》的态度或许高明？也许他太褊狭了，可有哪一个国家在这个世界上把气度放得宽大些呢？

谈话另换了题目，我们才晓得他是柏林一个影剧院的经理，因事要往哥本哈根去的。夜半，这位愤慨的商人下了车，报纸仍摊在榻上，仿佛铅字印痕上都有冷眼睛，净瞧着好动气的德国人怎么办。

二　亚姆司特丹之初旅

大清早我们从坐梦中醒来车已到了荷兰的名城亚姆司特丹，雇辆汽车听凭汽车夫去找一个旅馆。及至把人与行李运到，方知是规模较大的一个地方，住一天连早餐在内约计合中洋七元余，好在我们皆不能久住便暂止于此。

旅馆中十分清闲，虽然是五层楼的建筑，然客厅，食堂，与他们的办事处都轻易见不到旅客的踪迹，门前车马冷落，足见生意不佳。

亚姆司特丹是荷兰的重要口岸之一，在 13 世纪初不过是一狭小渔村，还有一座小堡垒为阿姆司泰耳(Amstel)的贵族所居，至 13 世纪末年遂成为繁盛市镇。1482 年，因此地被Gulderlanders人的攻击，便尽力支持增加防御，其结果把亚姆司特丹的近郊毁坏，而在港口焚烧了一些船只。经此一役后又变成商业重地。当 1578 年属于联合省之一，繁荣日进。然在 1602 年时，因瘟疫流行死去六万人。1653 年荷兰与英国战争，人民又伤亡不少。而亚姆司特丹人的活动力大见减削，中经法兰西大革命与荷兰被法国统治贸易衰退。直至 1815 年才能逐渐兴盛。经他们的努力经营，竟有现在的规模。

亚姆司特丹在地理上乃 Zuyder 海的一个海湾，原名为 Amstelredamme，周围约有十哩。现计全城人口七十六万，建筑物多倚河背水，全城成半月形。河道之多不下于威尼市，但交通方面不纯靠船只，这与威尼市迥不相同。威尼市除了自行车(也极少)外可说是“车无用武之地”,而亚姆司特丹汽车飞过河桥,驰行广道,也与他处一样。究竟街道宽阔,而且拱桥少平桥多。从古香古色上比较,自然处处不能与威尼市并论,不过生动,繁盛,足以证明她是一个近代工商业的重镇。

街上的行人,忙得很,一头一脸的往前赶的神气,男女都举动迅速,言谈爽快。这里,自行车差不多人人有,人人善骑,一辆随一辆在街道上驰逐,是欧洲别的都会所没有的光景。

全城中极正直的街道很少很少,打开地图一看,一圈半环形,又一圈半环形,层层相绕。几条主要的道都是河流。两岸的房屋整齐明丽,门外树荫掩翳,与高高的窗台上的盆花相映。墙以纯白色者居多,由居室内可以俯瞰下面的绿波——河水的清柔,明澈,如果船不经过时,岸上的倒影浸在水底是永远画不出的一幅图画。荷兰人爱洁净,齐整的好习惯随处可见,在建筑与道路上更容易显得出他们爱美的观念。

在欧洲,不缺乏古代的雄伟建筑,不缺乏规模浩大的城市设计,更不缺乏匆忙争斗而遗忘了自然美的现代的人生。但能调剂于两者中间,以物质建设的努力加以人工的艺术的布置,利用自然的现成东西去慰乐人生,据我所知,瑞士与荷兰都能够格。他们不放弃了生活的竞争,却使一般人民真懂得如何利用,如何厚生,把自然美与物质建设调和在一起,瞧不出有何显然的裂痕,这便是他们的聪明。但这样聪明与地理的环境有很大关系。

类如威尼市佛劳伦司诸古代或中古的名城,你在那里游览,玩赏,无形之中它们总易于把你拉回往古的世界中去。那些思想家,艺术家,费尽心血遗留下的痕迹虽然伟大,庄严,生动,漂亮,因为日子太久了,时间多少是含有损失性的。一面是光华璀璨,一面却是幽暗深沉,到后来,还是幽暗深沉一面的心理易于激动人;由往古的幽情往古成就上给人以赞叹,惊奇。这等力量扩大,便容易觉得自我的卑小,而且因为精神在往日的世界中流连,或者藐视了当前。自然,这不是十分肯定的话,可不无些微道理。至少,这等感想的袭夺我曾经有过若干次的经验。所以虽然是摩抚古物，引起美感，总会有往者难追，空余憧憬之思，渐渐地心绪也变为幽沉。如美人对镜，空空怅惜过去的韶颜；如烈士暮年，想到从前沙场卧月血染铁衣的梦景，所剩下的是一缕幽怀，几声微叹。

但亚姆司特丹给我的印象是活泼，生动，整齐，清洁，除掉在博物馆里，绝少怀古念往的想头，恰与佛劳伦司那中古艺术的大城成一反比。街道不完全宽大，而洁净可取，无论老人，青年，骑车或步行的都十分匆忙。这里没有种种形样的灰黑色的古建筑物，也没有石像铜像安置在道路旁边，或水池的中央。蔚蓝的晴空，碧绿的城河，活动健康的青年男女，为生活忙，为事业忙。我想现在亚姆司特丹全城中很少有人把整个的心思搅在甚么哲理艺术中去罢？因为在这地方，他们难得有这些逸致，闲思。

这个上午我因要去找几位在此贩卖茧绸花边的同乡，便带了地图，记清旅馆的所在地，慢慢地一个儿去穿街，越巷。

路上最易使我注意的是自行车之多，与他们骑车方法的巧妙。这正如上海的黄包车一样，正当早八九点的时间，并排的，前后追逐的，转弯抹角的，除却路中央的电车汽车外，自行车可以说不少于铺道上的步行人。不过度疾驰。也看不见他们周章躲闪，这么多，却又没听见得时时按叫警铃。进退如意，迟速自主，真够得上是荷兰人最普遍而最有趣的自由运动。看样子甚么人都有，官吏，学生，商店伙计，工人，家庭的妇女，他们使用这代步的器具能一样的这么熟练，巧妙，满街都是。由一个陌生的外国旅客看来那能不感到新奇。

从这一件事上我晓得荷兰人的活力与他们的朝气了。

转过几条横街，问过岗警，才在一道窄窄支流的河岸街上找到了门牌。敲门（他们没装门铃）多时，没见有人下来，却从邻户中探出一位中国人，他说：

“找姓魏的么？”

“是，他们不是×省×县人吗？您的贵省？”我即刻急着问他。

这穿得颇整齐的中年人面上现出笑容。

“我住在烟台，到这里快三年了。你刚来这里？”

因为是同乡，话就多了，他要我进去坐坐，但我知道他们生意忙，约定第二天到魏先生寓所时就近同他再谈。

原来在船上遇见的那十一位商人，除掉经理与书记之外，有九位是得天天到各街市与四乡中作负贩生涯。因为资本小不能开设铺面，只是行庄，这便需要人工的推销。

重回旅馆，午饭后坐了游览车出去玩。在各个地方没遇见多少外国来的游客。

三　王宫与博物馆中的名画

从亚姆司特丹的中央车站为起点，经过一条著名大街——丹麦街，即可直达到这古旧的王宫。欧洲各国家中很少没有伟大王宫这类的建筑物。他们的皇室，贵族，在从前，“家天下”的专制思想与东方的君主的看法一样，直到现在还有将那华丽的建筑物标为都市文化的一种。不过我们走进这一所并不雄伟阔大的王宫中时觉得荷兰到底是“小国寡民”，而且更看出以朴素见称的民族特性。虽以若干年君王的力量，其实这富有历史性的王宫是不能与巴黎柏林的皇宫相比的。王宫建筑于一六四八年，原是市厅，备人民聚会休息之用。至包拿帕提时才改为王宫。现在空闲着，变成游览的名所。房子的构造颇为奇特，据说下面有一万三千多根木桩支持着上面的建筑，木桩下在地下的深度约七十英尺。自然那时还没有钢骨的发明，但为甚么他们不深打地基而用这许多木桩呢？我想，荷兰地面低下，海平面比地面高，恐怕土质松动所以用这样费力的方法使能持久。这是我自己的猜测，不知是否合乎事实？

从门外与外形上看，不过是一所略宽大些的三层楼，并没有特别的装饰，更显不出甚么威严。但人内观览之后，却感到形式与内容的调谐。

楼上有两大间餐室，与宝位室，应接室等。应接室的大厅规模颇大，上覆圆顶，宏敞明丽。四周墙壁全用意大利白色云母石钻成，墙上挂着种种旗帜与战胜纪念品，这都是当年荷兰人与西班牙印度人作战得来的。大厅的中央用许多小铜钉镶成一幅天空星座详图，颇为别致。光滑的云母石，亮亮的铜钉，再加上面悬垂的若干枝用切片玻璃作成的吊形灯架，若在夜间明光大放，那地石上的铜星座一定分外耀眼。虽无甚意义却也有趣。由餐室中走过去，一连有几间屋子，木制的地板特别讲究，虽然其他的器具与装饰品都极寻常，用小木块拼镶地板，在精致的大建筑物里也有好多，不过，这几间屋子的地板每一间有一间的式样与色彩。木块有方形，菱形，三角形，长方形的不同，镶砌得是那样细密与工巧，骤然看去如铺了美丽的图案花纹的地毯一样。花形与岛形皆有。凡是脚步踏着这木地毯的，上面的花纹一定引起深切的注意。其实，这王宫各屋子中并非金碧辉煌，织锦炫彩，器具陈旧得很，虽有几幅名家佳画，似乎也不易引起游人的兴味，独有这艺术的木地毯反能令人赞美。

到这王宫与往游旧家的厅堂一般，一切表示着陈旧与暗淡，但朴素，厚重，没有多少奢靡华丽的气概。

王宫的最上层有一个高塔，登塔四望，俯视全城，城外的河道郊原，花树丛中的渔村，田舍，尤其是弯弯曲曲的海堤，镶在那些浓绿的牧场旁边，形成天然的屏障。而荷兰特别多的风车，伸着长臂，如看守田地的巨人，一个个矗立着。我不禁想，这真是从画面上看到的荷兰风景。

其次是里解克斯博物馆，由王宫去并不甚远。博物馆近处是市立剧院。里解克斯博物馆伟大雄壮，是荷兰著名的建筑。

不止是以建筑著名的，它保存了许多十七世纪的荷兰绘画，在全世界中没有其他地方比在这里能够看到这么多的荷兰画。荷兰，这低下的国家在世界绘画史上她有永久的辉光。不是一味热情祈求理想的现实与尊崇灵感的意大利画，也不是以严重雄伟见长的日耳曼画，她有她特殊的地理环境，晴朗而多变化的天空，大海，飞雪，阴郁的田野，到处灌注的河流，牧歌的沉醉与风车的静响，杂花如带围绕着的农村，牧舍，杨柳垂拂的沟渠，不沉郁也不粗犷，不狂热也不冷酷，就在这样天时与地利中造成他们独有的艺术性。荷兰的肖像画与风景画搀在各国的画廊里；如果是一个有研究的鉴赏者不用看下列的名字，从用色，取光，神采与趣味上一望便易断定她是荷兰人的作品。

荷兰画自十七世纪以来是以写实的风格，调和着浪漫的情调。尤其是从1590年到1635年，这短短的几十年是荷兰画的黄金时代。若干名家的杰作在此期中完成，类如建司亭(Jan Steen)，奥司他达(Ostade)，万高因(Van Goyen)，普台尔(P otter)，魁普(Cuyp)，他们奠定了近代荷兰画的基石。

时间与文题不容许我再多叙述他们的画派，现在且来流览一下这博物馆中的佳品。

要在匆匆地流览中想多少留下一点点的“烟士披里纯”，不是在平常对画史有点研究的便无从说起。这一下午，我穿过多少房间，目视，手抄，用十分紧张的精神想竭力保存下看后的印象。虽经领导人几次示意要我早点走，但他看我那样对他的祖国的名画用心，末后，他也微笑了。但时过境迁，除掉有几张画的结构，色彩，风味还可约略记得住外，当时以为收纳得很丰富的印象早已模糊不清。

馆中第一层楼各室内所陈列的都是主要的绘画，但地下一层却有古派的与近代的杰作。

有一幅极著名的《夜守》，是雷姆勃兰特(Rembrandt)所绘。画幅颇大，有十多英尺高，横宽也差不多，画于1642年。凡是知道雷姆勃兰特画之风格的一见此画，尤生印感，而佩服他的画法的高明。即使不研究绘画的游客，看过后也不易忘记。人物与色彩的调和，背景是那样适合于表现，它有一种引人的魔力，使你不肯一览即去。这故事是画的甲必丹般宁枯克的同伴，因为般宁枯克要同他们作庄严的离别，每人给予一百个弗楼仑。但在画面上只有十六个人物，雷姆勃兰特完成了这十六个人物的画像，人人的面貌不同，但有一致的调子，表现出情绪的兴奋与态度的紧张。那画上有穿红衣中的火绳枪兵——那衣服，一种极精细的有层次的差别红色，其他人物多是用灰绿色调子；一位小姑娘冲入这一群中缓和了紧张的空气，还有一位仙人坐在火影之中。雷姆勃兰特原是肖像画的名手，无论甚么人物与配景由他手下画出的没有一幅不情状逼真，十分生动。他的画在柏林也保藏着不少。

我对这幅杰作注目了不少的时候，因此也失去浏览那一室内其他绘画的机会。

其次，我要提到的委靡耳（Vermeer）的《牛乳女郎》。这也是名作，但与《夜守》，正是一大一小的对比。这幅小画挂在墙上并不易惹人注目，高度不过两英尺，狭长。画中人物只有一位正在倾倒牛乳的姑娘。以这幅与《夜守》相比，一繁，一简；一是热烈，一是娴静；一是用强烈而刺激的色彩，一是用平和而柔静的调子。前者正在防备甚么危害，执枪待发，兼之壮士将别，心情郁结，如火之待燃，如醉人的高视，如等候烈风暴雨之将来。而《牛乳女郎》呢，不过在清静安恬的境界中，作她每天的照例工作。她的健康，她的面色，她的安然的态度，宽广而丰满的胸部，全体无处不令人感到她是给世间人传达和平的福音。若用通常的术语作概评，无疑的，前一幅是男性美，后一幅是女性美了。这微俯身子倒乳的女郎，周身的曲线尤其是画家分外用力之处。后来有人批评说没有更真实与生存的女子能够有这样画出的曲线美来。

仅仅举出一大一小的画幅略为记述，其他在这个博物馆中的静物画，动物画，自成一派，记不了许多。荷兰乡野的风景：以牛群，酒肆，风车，河堤，渔帆，灌木丛，阴沉的天空，荡云，枯木的题材为多。虽然他们的风格手法不一律，但总是富有这水国民族的特性。在明朗中多变化，安闲中多清趣，我尤爱他们笔下的牛群与空中的云絮，这绝非欧洲别国的画家所能达到的境界。尤其是与意大利画比较起来，仿佛一方是憧憬于理想中，对欲望作挣扎对生命求充实，有灵的呼声与幻想的飞跃。一是完全落到现实的世界，一山，一水，一只龙虾，一条水牛，都要表现出它的生活的动力，自然界的变化与人物的朴诚都用调谐的色彩，笔触显出本来面目。风景画与肖像画是荷兰画家的真本领，至于空灵的想象与憧憬的幻景却很少从他们的画面上看到。

向各室中转过一个圈子,及至走出来,博物馆也快关门了。晚风中又跑到几座著名的石桥上眺望一回近黄昏的景色,回到旅馆恰好是晚餐的时侯。

这一夜有好多片断的梦景,可记不清是甚么颜色在梦里跃动。

四 起重机之林

第二天。

费了三小时的工夫我与杨君坐在游览船上把亚姆司特丹的海港看过了。

世界中各国家的海港的构造很少有第二个地方可与亚姆司特丹比论的。不是这地方的街道桥梁都比海面低下,所靠以防御洪流氾滥的是堤岸?沿着全城建筑的这伟大工程已经使人惊奇,而他们调节水流的更巧妙的方法是水闸(sluices)。一切船舶从外面来须经过这一道一道的“海关”。我曾亲看见他们的启闭,有若干专管这繁重工作的有训练的工人。船过了这一水闸,马上关闭了,再预备开第二道水闸,许多运河的支流都一例,这样海水方不易有大量的侵入。这真是中国旧式城堡前放吊桥的办法,自己的与救援人马到了,放下吊桥让其通过,即刻又吊上去,叫那些敌人望着没桥的护城河瞪眼。在这点上荷兰人真做得到所谓“靠山吃山靠水吃水”的本事。地方凹下,本来时时有“陆沉”之虞,然而他们反能因此获得许多利益,在这片土地上建立起水国的乐园。

荷兰西北两方全是海岸线,而在偏对西北方如蟹螯似的有两个海岬,外狭,内宽,这里便是所谓 Zuider Zee(南海)。南海的沿岸正成一个梅花形,西边一个尖瓣就是亚姆司特丹。如果你细找找它的方向,它的海岸是正对着东方的。

自然，我在游览船上一时难找清船去的方向。

初时狭长后来是宽阔的海面——这是船由运河开出往大海去时的景象。河岸上的风车，木房子，花圃，牧场中的牛群，渐渐在船后面退去了，所见到的只有海港的单调印象。

说是单调么，详细分析那正有我们许多不熟习的器物。几千万吨的巨轮，数不清的如白叶似的小舟，这还是一般港口的情形，独有靠码头的起重机引起我很大的兴味，在大运河两岸一个个的码头上有多少？从船上一直望去，如编了透漏花纹的，斜俯了长身个的铁玩具，又如千手佛的臂膊在水面上伸着。有的正在工作，远远听见镗铬的叫声，有的呆立在那里像等候情人。固然它们的安置疏密不同，船走得那么快，过去一小时了，我们还没从起重机的林下穿出。

浮标，小栈桥，铅灰色的仓库，堤岸上与水中的新鲜事物还有好多，我叫不出名目，但这些还不希奇。当船行在起重机林中时，使我发生另一种的愉悦。有人以为人造的东西不美；以为机器的东西只有动的美没有静的美，在那一小时内我可得到了新鲜的经验。你想：九月晴光耀着微黄色的海面，回头看，在小树旁掩映于一团秋之气中的楼台，这里，从远处浮荡过来的市声与近处的铁声，水声，机轮的震响，很调谐地正奏起水国的交响乐，那些两旁工作的巨人有的俯下身子，有的衔了重货向左右旋转，铁链在滑轮上不歇地直叫，也有的静静地对着骄阳表示出它的有力的丰采与正确的姿态，等待着工作的时间到来，忙的，闲的，上下起落的，昂然四顾的，据我看，这正是形与光的匀称与调谐，不但说不到丑恶，也并不减于晓风残月中的杨柳，浅水孤舟旁的芦雁。除此以外，她还使你感叹，使你敬服……其实就是使你明了她们的气量和工作的力与能。

正直地看，斜欹地看，这是一幅新画家的好题材。我不能用几笔把它们描绘下来，可又舍不得这样美的 Scene，便与杨君各摄了几张照片。

我在船上想："欣赏美的东西只是为欣赏而欣赏，"这话靠得住吗？我们晓得情感绝不只由于一种冲动，而由于许多冲动相合起来的综合作用。有人说，外物不全是可使我们投射相等经验的东西都美，更在投射动的经验以外使我们愉快的方是美。是的，一看叫人嫌恶，烦苦，心理上起了不愉快的感应，自然无美之可言。不过，经验是很复杂而难于解释的，因为你知，因为你曾经试过，或者因为你知道某件事物之必然的因果，能断定，能彻底地明了。然而只有经验的投射还不够，对象的本身也要自具一种能使人愉快的本质，所谓形，色，光，参差错乱的有，整齐严肃的也有，或给人以淡荡清幽的想象，或给人以生动勇健的兴感，看见它即时有许多冲动由你的经验中凑来，混成一个，这时容不得你分析，因为早分析过了；容不得你计较，因为愉快尚胜于计较。可以说美是由于欣赏，但不只为欣赏而欣赏，欣赏的薄薄面幕后隐藏着先在的能使你欣赏的因由。

本来这些拉杂的寻思是一瞬间的事，当前的光景使我没有余闲对美的欣赏上作一份理想的构思，但过后记下来也可略略述明当时的感受。

撇开美的观点不论，就在这起重机林中便可了然于亚姆司特丹城繁盛的由来，更可佩服荷兰人治水的功效。

用不到去调查亚姆司特丹一年中货物的出入，只要是一个留心的游客坐了游船从码头上泛大运河到海港的外口看一看，船舶，水上的设备，运河两岸上的繁荣，尤其重要的要对这如林的起重机想想，便知道她之所以成为荷兰名城的由来，这并不是专靠了往古艺术的精灵与历史上的憧憬，她有她的活力。这大运河仿佛一个活动的有关节的水车把滋生田稼的水力从下面吸上来，而一架架的起重机正是水车上的龙骨。

五　乡人一夕话

晚上连同行的杨君也承那几位同乡的商人约去在一家广东饭馆里

晚餐。

午后，我先往他们的寓所去了一趟。

如同上海的单幢房，只是更狭些，楼下没有客堂，进门便是直上去的楼梯。他们在二楼有两间卧室，三层是存放着寄来的货物，也打上几个床铺。二楼的后房是厨房。他们全是自己烹饪，仍然蒸馒头，包饺子，炒青菜，连猪肉都少吃。一切都保存着乡间小买卖的习惯。出门时虽然不能不穿身蹩脚的西装，在卧室，厨房中一切却没一点儿外国味。我在他们的书记兼会计先生的写字桌上看到了毛笔，铜墨盒，红木珠算盘，还有木戳记，银朱印泥，虽然旁边也有荷兰语的会话小本，英文的简要字典，钢笔等，但这八成老式的账桌想不到竟在亚姆司特丹的城中见到。久别重逢，又是在这异邦中能够说说土话的朋友谈过，我更明白他们的生活。这是我在近一年中未有的快乐。

在欧洲遇到神气活现或沉潜读书的留学生不算甚么，遇到伦敦，巴黎中国饭馆中的老板，侍者也很容易，可想不到同船来的中国人独有我一个转弯子从荷兰走，这难得的机会使我与这几位行贩的商人见面。

“王先生，唉！这——这很难得啦。你看，咱一船的中国人不少，上了岸各奔东西，你老，单个跑到这儿来……巧，这也有缘！别说……别说，该当咱得见面！”

背部微驼，大嘴，眼角吊吊地，一脸刚气的魏大个（当苏俄革命时在俄罗斯的乡间吃过不少的苦头，）话不大连接地这么说。他匆匆走进二楼的卧室，从肩上卸下了一个白布包裹，顺手取过架上的一条毛巾擦着脸上的汗珠。

一会，那瘦子王先生，年轻的魏，还有几位都来了，他们异口同声的道：

“夜来听见老板说，王先生从德国来啦！真叫人高兴！真想不到咱得谈谈！这不容易。”

我与他们无拘束地说些别后的事。那位少年书记摇摇头。

咳！话说回头，你不是那一晚上眼看着我们上了三等车走了吗？……好！谁知道路上出了岔子。走德国原是我们在香港与公司里商量明白的计划。及至到了德国边境，甚么地方来？……忘了。别扭来了，护照，查；车票，查，咱想是没错，不行！通不过，非打退回不可。退不多远，另走往法国去的路。谁晓得那些法国人存甚么心眼？没法子，好歹有一位同车往德国去的，你记得罢，那领着一个十五岁孩子的张先生，他从前是到过欧洲的，费他的神，才把话讲通。……

"糊里糊涂的那晚上到了巴黎。……"

"在小店里（小旅馆的意思）住一夜，多花了几十块，王先生，走路的事倒没法说。"那位诚笃的老板接着说。

他说不清为甚么入德国境那样难，只按照简单的老想法"行路难"，去解释这不是偶然的现象。

他又同我回到旅馆，约着杨君往广东饭馆。

我们三人全是步行着，因为是礼拜六，街上人比平日多。经过几条小街看见有两家写中国字的理发店，一家茶食店，又往前去，从犹太人聚居的街上走。

犹太人的特性住在甚么地方都看得出。他们没有国家却有团体，没有政治的形式系属却有种种的组织。在欧洲，凡是他们的民族居留处都有强密的组织力量。做各种买卖，作各种活动，利用他们的才能，凡是他们脚踏到的地方不但能站得住，而且站得稳。据说，在亚姆司特丹他们的人数不少，自从德国放逐犹太人以来更加多了。经过他们住的地方自然也看出是有点寒伧，他们来往的忙碌，像没有闲人，这比起在英法诸国的穷无所归的华侨好得多。但我们尤觉得可耻的，是我们究竟还有这么庞大的国家，为甚么眼看着流落外国的几千侨民（单指欧洲说）竟置之度外？

饭馆不大，然而设置得很清洁，自然也照例有几幅中国风的字画。经理原是广东的老商人，在这里曾做过十多年的买卖，如今收场了，却开张这所饮食店。

前天遇到的那位烟台先生，还与另一位山东人作陪，连主人共五位吃了将近中国钱十几元的粤菜，使我颇难为情！他们凭了劳力赚来的钱平常连吃饭穿衣都不肯妄费，却这样招待远来的同乡。

我们在八角玻璃的无明灯下（因为这是天花板下的装饰，原不用点着的。）吃着花雕，鱿鱼，谈过不少的华侨情形。

“我来了快三年了，明年准得回去看看老家。”

“李先生，你发了财了，回去正好！赶上好时候，荷兰也不是以前的样子了。虽然咱这一行到欧洲来只有向荷兰跑，不是又要加税吗？”

魏老板忧愁地对那位烟台先生说。

“是啊，这行生意……你们二位替我们想一想：抛家舍业，老实话，不为挣几个谁犯得上过大洋到这儿来。可是从去年起，他们的购买力渐渐差了，又要加税，所以我们的货物也不敢整批来，大都走邮局，虽然多化点可不至存货。还有一层，不能开店铺，为的减少化销，笑话，做小贩似乎丢人？其实，先生，你想想：咱们凭气力向人家卖货，只要不偷，不盗，也没甚么罪过。外交官太不给做主了，难道荷兰货就不到中国去吗？他有关税，中国也有，咱虽然不能干涉人家的加税，干吗不来一个对抗？……”

另一位年轻的陪客叹一口气。

“有一个故事听朋友讲的，如果每个外交官都这样硬气点，咱们也少吃亏。是丹麦罢。上年……那边也有几家的中国小商人，气力都有限，一样是咱这一行的生意。他们忽然要加海关税，找领事去交涉，没效果，说这是与中国早协商妥当的。领事做不了主。大家出钱，请领事给打电到外交部，回电含糊其辞，还不是一样的没办法？……后来，那位领事倒不在意对大家说：咱做不了主，让他们加去。做买卖的只好垂头丧气，能中甚么用？但是过了一些日子，忽然说是他们的政府把这件事搁下去，并没实行，详细探听，原来是领事另外的计策。

“真妙！这位领事倒有一手。丹麦有一家大资本的公司，专门向中国运输货物，大概是原料货居多。可是中国虽不行，外交官虽没力量，到中国的出口货总还得按照惯例，有中国领事签字的发货单，才能够装运。一大批货物已装好了，他们公司的办事人照例将发货单送到领事馆，以为几天内便可签字装运了。那知这一次竟破了常例，一礼拜，十天，半个月过去了，发货单并没签字。他们去催过几回，这位领事有的话对付，不是公事忙，便是要审查，嘱咐他们少安毋躁。那公司的办事人摸不清头脑，找经理，经理也觉得奇怪。但这是权柄，外国人可也不能使性子。但是世界金融的行市时时变化，各国货物又争着倾销，耽误一天有一天的担心，托人去问，领事并没说有甚么原因。那经理究竟乖觉，用了方法，托他们外交界中人与领事馆有来往的，请客，不过宴会中这等事提不出，间接由女主人问领事的夫人。她知道时机到了，便把这事透露了一点点消息，说：‘我也不明白我的丈夫为了甚么不签字，只是常常听到他谈论国际贸易的不平等待遇，例如前些日子丹麦硬要把由中国运来的茧绸，花边加重税的事，使人不平。他不过是一个外交界上的小职官，又做不得主。话大概是这样。……’宴会过后，不多几天，他们原定的加税消息没有了——取消前说。听说是那个大公司的力量。可是领事馆的发货单也给他们签过字发下去了。”

大家听了很赞美这位领事的机智。用国家的大力量做不到，有的时候却从机智中多给中国的小资本的海外商人挣一口气。无怪魏老板、烟台先生都点头称快。

在这个大城中的华侨听说快近四百人，有一半是常在外国船上作水手的。以浙江、山东、广东的人占多数。山东人在这里做行贩生意有二十多家，广东人却不干这一行。荷兰人对中国人比较宽大，不像别国取缔得那样严。只要有正式的护照，有小资本，那些行贩可以每天背包，提箱，任意到各城与乡间去兜揽买卖，绝不留难。不过因为他们的政府不大在乎，所以“内进开皮”的赌博，卖皮糖纸花的青田小贩也并不少。

久没享受过这样丰富的中国菜了，饭后到街上还有点微醉，沿着河岸回去幸没走错路。

六 吉慕顿

吉慕顿(Ijmuiden)是亚姆司特丹最大的水闸所在处,坐小汽轮去约计两小时可到。那一天杨君与我先步行着到大运河对面看过几处运河支流的小水闸,又逛了几条河岸旁的街道,在一处树林中的咖啡座上吃过冰淇淋。沿原路回来,在第十二号码头上买票上船,票价很便宜。原来我们计算四点到后看一个钟头,七点可回市内。

这种小汽轮专为游览开的,也载来回有事的客人。有头二等舱位,坐的很少,都愿在船面上浏览两岸的风物。所以船上有两层甲板,上一层的有坐椅,下一层却随意安置了几条长木椅,比较自由。

及至船开行之后,我们方问明这条船晚上不再开回了。到那边便没有第二只游船向回头开,打听别人那边有旅馆可住,否则须趁火车回去亚姆司特丹。我们虽然太大意点,刚上船时一心忙着去看这伟大的工程,疏忽了先问一句,不过借此再坐一段火车倒也别致。

因为这全是走的人工河,不像往游海港时一样了。河面不十分宽,有四五丈罢,然而有两岸的坚固堤岸,整洁的房舍,一点不荒净的农田,看出人工战胜自然的能力,又不缺少临风摇曳的槐,柳,红的紫的野花,偶然飞过去几只水鸟,半空中唱着嘹亮的歌声。渐渐地离开人烟密集的城市,半小时后已到了画中的境界。

在船上我想到长江支流中的小汽轮,虽是另一种的东方景物,可多少有点相仿。记起眼看着那狭窄的江边被水力冲激,黄土岸日渐倾秃。岸上的田地一年年地减少,与这运河上的石堤怎么能比!

天气太可爱了,正是最好的秋日,满野中除掉有些红砖白垩的小房外,全是一片纯绿色。菜圃,牧场触目皆是。田地中的农妇包着花布包头,穿上洁白的围裙,正在工作。黑底黄底间有白花的水牛听着汽笛叫响也静静地啃草不动。风车的长臂轻微转动,像是徘徊草径上的有闲诗人方在构思佳句。

我要了一杯咖啡在船舷的长木椅上慢慢地喝着，微风拂面，水流活活，有说不出的愉快！头尾上有四五个荷兰青年穿了很随便的衣服，像是往郊外旅行。他们从容谈笑，毫无心事，没有在国内所遇到的青年人态度。全船上独有我与杨君两个外国人，而且都从辽远的东方跑来作陌生的旅客，也许这边的华侨多，他们并不觉得诧异。

渐渐经过几个水闸，但都是小规模的木闸，有人专司启闭，船近时闸门缓缓地向两面斜分，却听不见水有多大的声响。

四点后到了工程最伟大的水闸，船没出闸但停下来，用木桥接到堤岸以便旅客上去。

在这时让我先叙一叙亚姆司特丹与海争斗的略史。

原来的南海由外面冲入紧逼亚姆司特丹，如果他们没有堤岸的话还是一片"洪水滔天"，沉入海底。但只是堤岸能防海水侵入，还不能自由调节，有利于水上交通，他们也只好守着能防护海的这片凹地。在这里以生以死，与外间少通往来，贸易更不易发达。南海是亚姆司特丹商业上的生命线，但是后来这个海股愈变愈浅，大船入口发生困难，有许多商船都转道往洛特丹姆(Rotterdam)去了。亚姆司特丹人这才着了慌，于1819年决定要开运河，直通大洋。六年的工夫开凿了四十六英里，由亚姆司特丹到奴韦底普(Nieuwediep)工程，艰难可以想象，但有了这条水中的通道给荷兰居民以永久的利益。他们不图苟安，从大处着手，足见魄力。不过河道究竟还不够宽，他们想在他们的都城与北海中间有一条更宽阔便利的河道，1876年北海运河也开成了。

这一回的工力更大了，据记载上说，连同保护靠近雪令屋村的堤岸费合计在内，花去了三千五百万佛老仑(荷币名，每个约当英币二先令)。这笔庞大的可惊的金钱，有六百万是亚姆司特丹人捐助的，还有一千万由填平土地的出卖上支出，余数则归政府担负。他们有这么巨大的气魄与牺牲，方造成今日的繁盛。从数目上想便可知道这著称全界的运河是怎样的伟大了。

吉慕顿是大运河出口处的一个很重要的渔村，而运河的最大水闸也在这里。

当我与杨君下了汽轮，沿着石岸走去，不过五六分钟便到了旧水闸。原来运河至此分成两歧，中间相隔有几十丈宽。记得南面是旧闸，北面是新闸，现在巨大的轮船俱走新闸，小汽轮与木船走旧闸。我们走到旧闸的上面，已觉得宏阔了。没有船经过。闸上面有几个工人方在整理物件。想问问这里的情形，无奈英德话都讲不通，走到北端方找到一位老工人，他用英语告诉了我们几句话。

约摸有近二十丈的长度，上面用水泥打成的光道，有轻便铁轨，可作桥梁用。至于下面则全是钢铁的构造。沿着旧闸的北端走去，越过一片草地，往东面，隔不多远便是新闸。新闸的边岸平洁，坚固，完全用水泥，大石砌成。旁有一所专司看守者住的小房，内中装有电力设备。岸上有不少的圆铁桩，桩下通有大力的电流。新闸比旧的既然宽大（这边的河面也宽得多），一切设置全凭机械的应用。铁制的电杆两行分列。闸面横阔将近三丈，完全是钢骨制成，平时可通行人，可走火车，如有船只经过，隔好远，司启闭的工人便开了红色灯光，同时在闸两端阻止行人。我们上去走了一半的路程。听见警铃响，向河道的来路上看，一只大轮在微茫中缓缓开来。于是我们不能到对岸，退回原立的岸上，等待看这大水闸是如何启闭。闸两面的红灯光，明了，小屋子中的电铃叫响，不久那伟大的钢门在桥中心活动了，向两面分开，与对面要出闸的轮船是一样缓缓地作有规律的运动。两扇巨大的铁门向南北分张，那份重量可想。河水被积压得发出沉重的叫声。即时，石岸下骤然添涨了几尺高的水痕。经过五分钟。铁门完全靠到两面，空荡荡的水面，尽容那只五六千吨的巨轮如蜗牛似的冲过去，她走时十分小心，虽然碰不到移开的闸面。

但看守者只二三人，你能不佩服这伟大的电力与机械的构造？

及至再回旧闸，到南面歧道的河岸上，已经是夕阳挂在林梢了，几个小孩子在斜面的又上一层的石坡上跑着玩，我们便问着路人转上去，到了吉慕顿的小车站。

虽然是渔村，但宽大的街道，各种的店铺，也像一个小型的城市。恰好是礼拜天，晚钟在尖顶的礼拜堂中悠扬的响着，暮色苍然由四野逼来，街灯不十分明亮，店铺多已上门，我恐怕误了火车还得等候下一班，急急地走去。但听到钟声与小酒店中的欢笑声，突有一种异方人的感触涌上心头，街心的早落叶子被晚风吹着作凄零的悲鸣，不禁想到中国的古诗句："我行未云远，回顾惨风凉。"以及"前途当几许，未知止泊处！"

不自觉的有这样的感触。当上了火车，看看那些郊游归来的快乐游伴，这时正在"言笑宴宴"，预备回家去过一个适意的星期日之夕。

但像我们这天涯的游子呢？我仰望着车窗外的流星，与下午来时不是一样的心境。

七　柳岸花村

离开亚姆司特丹最后的那天，从早十时起至午后五时半止，整整在小汽船上，在河岸的小镇上，在那两个著名的渔村中消磨了一日的光阴。

美丽，整洁，幽静——波光云影中他们的生活，虽时过境迁，回忆起来如在目前。那样风光绝非只在欧洲各大城市中跑来跑去的所能想象得到，可惜自己没有绘画的练习，把那些处处有诗歌趣味的题材画出，单凭一个照相机，总难表现这几个地方的风姿与意态。

由亚姆斯特丹往马尔孔(Marken)与瓦林丹(Volendom)有两种去法：(1)从中央车站乘公共汽车，离开这个北方威尼司，沿运河岸大道至卜罗克(Broek)，至爱丹(Edam)，然后乘船往那两个渔村。回路转去芒尼肯丹(Monnikendam)可以游览这个小镇中的西班牙式的教堂。(2)一直雇小汽轮或搭公共汽轮沿运河到上面几处，先看过芒尼肯丹，后由马尔孔，渔村原船归来。以速率论，自然第一种去法快得多，不过如果不是一个时间过于匆忙的旅客还照第二种办法作一回巡游，既然舒畅，又可从容历览运河旁的风景。

卜罗克，爱丹这两处以制乳酪著称，而马尔孔，瓦林丹却是以风俗奇异景物幽雅闻名世界，凡是到过荷兰的旅客，很少有不往这两个小小渔村去的。

那天同杨君早计划妥当，因为我们的旅费不多了，（原想经过这海国只住两天，赶快回英。但既然来了不把这几处好地方看看觉得十分可惜！幸而有那几位老乡，萍水相逢，为了满足游览兴致的缘故，我红着面孔向他们借了几镑钱，言明到英即速兑还，承他们慨然应允，我与杨君才得多住了三天。那几位乡人的诚笃与爽快，我永远不会忘记！）不必在船上吃午饭，仿照西洋人的辟克尼克的办法，买了些夹肉面包，软糖，水果，各人在身边带一本小书与照相机，我们便上了定时开行的游览船。

本来这不是一个煤烟浮空，市音哄闹的大工业城市，小汽船走出不到一英里，而秋郊的美丽已迎着游人展开笑脸。沿运河所去的方向，与往吉慕顿正相反对，船离开大运河驶入支流，河身很窄。本来这只游船也不过载重几百吨上下，和由苏州往太湖去的小轮差不多大。傍着河岸走，有时你可以接住岸上垂柳的轻枝。一辆汽车风驰而去，车中人与船上的游客彼此打招呼，相距不过丈多过。这段支流与往大水闸的水道不同，两旁没有好多农田，反而是牧场多。两行碧柳缓缓地摇舞着，虽在初秋还显不出一分的憔悴。倒是与场中绿草，乡村红瓦的屋顶配衬起来，使人感到色彩调谐的愉悦。时时有几只黑羽红嘴的小鸟掠过水面，在柳荫中点来点去，一堆一簇的繁花颤影，一叠一翻的柔波轻泛，在这里是暮春还是残夏呢？

一船中不过十个游客，多半不是荷兰人。有青年夫妇，有须发苍白的老人，像是各有伴侣，低语，缓步，没有大声喧叫，狂歌纵跳的。也许环境使他们自然而然地安顿下烦躁的心思与激切的兴奋，来分享这般安静的生活。不是？登高山峻岭容易使人意兴飙举，高歌长啸，夜行于深林曲径中，就会有一份严肃恐怖的心理，能令精神紧张。但在这样清，这样柔，这样安静的河面上，风轻轻地吹，阳光赖赖地挪动，岸上行人与牧场中的女孩子也一例是缓缓地走，缓缓地抚摸着牛羊。……我与杨君对坐在甲板的木橙子上，除掉"真美!""好看!"的简单口语而外，都不想说什么话。当前风光的映照，我会想起辟克德勒，卡宁克劳司(伦敦的街名)奔忙的人流；想到巴黎的午夜汽车队；想到柏林城内的紧张情形……但眼前却像另浮现出一个童话样的世界。

到十一点，小汽船的第一个停泊处便是卜罗克，上岸游览了一刻多钟。卜罗克的居民有一千八百人左右，石铺的街道，矮小的楼房，都现出有点古趣。最有名的是一所教堂顶，我们进去看过，自然是乡间的小教堂，然而也有好多年的历史了，彩画玻璃，长窗，据说是出自名手。天花板的雕刻，也很别致。不过没有大都市的教堂那样的辉煌罢了，悬灯亦颇精美，这只是小镇中的教堂，便有这样的古香，古色，比起中国的寺院来足以证明宗教在西方的势力是如何的普遍伟大。而他们对于建筑上的讲究也非东方所能比。

小镇中的屋子以木材建造的居多，形式奇异不像近代的样子。

离开卜罗克到芒尼肯丹。地方比卜罗克大，居民也多，店铺，小饭馆种种俱备，以时间无多，穿过几条街道便重回船上。

八　爱丹

荷兰对外贸易，牛肉与乳酪都很重要。因为与英国仅仅一海之隔，英国又是农业不发达的国家，所以这两项出产品销行于英伦三岛的最多。荷兰境内到处是牧场，农村，他们养的牛，羊，肥硕可爱，就是制乳酪的手法也够得上是世界第一。爱丹(Edam)是沿着运河的一个农村，但简明点说，不如用"牧村"两个字还妥当。这地方在过去的日子里原是一个重要的小城，现在因为出产品丰饶仍然很发达。与瓦林丹合计起来，约有八千居民，以乳酪为大宗买卖，赖以维持生活。他们所制乳酪以红色著称，不同别处是黄，白色的。

因为地方太好了，同船的游人在这里耽搁了半个钟头。村中最高的房子不过是二层的木楼，但那些水畔，树林中的小房子，形式安静，明窗四敞，红瓦，白壁，互相掩映在绿荫之下。弯弯曲曲的河流穿过全村。人家的庭院前杂植着娇丽的小花。用卵石铺的人行道上没有浮动的飞尘。木桥可通小河的两岸，隔河为邻。那些农妇与制乳酪的女孩子往往在窗子里与对岸的邻居谈话。小亭子，天然的石凳，把河岸点缀成幽雅的花园。

一群小学生方从学校中跳跃出来，各色的男女孩子的服装，表现出这个自由国家小国民的活泼。他们都是那么整洁，面色红得可爱。偶尔有几个穿旧衣的老人携杖闲步，向我们这一群打量几眼，从容地走入花畦，绝不惊奇。包着彩花包头，系着洁白围裙的少妇在木门口闪一个影子，又进去了，可见她们的忙碌。

这里与伦敦东区的贫民窟，与罗马城外靠近古迹名区又穷又苦的乡村……比较起来。你焉能无天堂地狱之感！风景还是天然的，但荷兰人能以利用，自厚其生。不至如那些野心勃勃的帝国主义的国家把国内的财富全用在军费上面，预备未来的厮杀，同时国内阶层的冲突日甚，贫富悬绝，经济分配的问题无从解决，遂至都会，乡村，一例是在竭力强撑之下，没有更好的方法。类如瑞士，荷兰，丹麦这些小国家能以全力发展工商业，改良农产品；人民失业的不能说没有，却绝不像那几家“列强”的情势严重，人民也可安享点自由的幸福。

如果有闲工夫来爱丹这样乡间住上几个月，那才是人生的一点点并不过分的享受，我走在石子道上望着那一群天真的儿童这么想。

这里没有贵族，富豪，也没有无业的流民与叫化子，人民的穿着，朴素，洁净，他们的面色，丰满，红润，大野中的空气与精神上的舒适调和起来，便将工作，快乐，造成了这个乡村。

找一家乳酪房去参观他们的制造。先将牛乳煮到若干度数，快凝结了，有大木桶盛起来，将酸料加入使之发酵。这是第一层手续。及至牛乳在桶内凝结了，如同豆腐似的，便把水分滤出来，将凝结的乳用一种特制的器压干，调入食盐。这是第二层手续。两层手续完了之后，封置起来，过几个星期就变成可食的乳酪了。做法看似简单，不过发酵的程度加食盐的多少与味道关系颇大。

他们的制乳酪房并没有近代大工业的规模，仍然是保持着手工业者的办法。几间房子，十几个工人，也许是一个家庭的人分工组合，便经营起来。每家都养着几头牛，或自饮牛乳，或出卖，成了他们各家的主要产业。

像这样的制乳酪房有好多家，他们都很愉快地工作着。进去参观时闻到发酵牛乳的特别气味。

爱丹地方虽小，却有荷兰旧贵族在这里住过的旧寓。一所小小的博物院似的房子，内中满装着各式各样的旧日帆船，预备给大家参观。有一条河道通往海边，河道两旁的房舍尤为奇异，真如小孩子玩具箱一般的玲珑小巧。

船离开卜罗克，河面渐宽，至由爱丹再上船后已渐渐开入海中了。

九 两个异样的渔村

中国古诗句说“觅得桃源好避秦”，马尔孔，瓦林丹两个小岛如时在数百年前海上交通纯靠人力，它们又孤悬海中四无依傍，真也可说是“海中桃源”了。

全欧洲能保存老习惯与古旧风俗的地方，马尔孔与瓦林丹很可算数。多少年前的男女装扮，多少年前的房子中的陈设，照样不改，一代传一代下来，并且他们也不与外边的荷兰人通婚。网鱼，制陶器，妇女们便打花边，做手工活，经历着悠久的岁月，直到有这么大变化的现代，他们还是“依然故我”，仿佛世界上尽管有何变动与他们毫无关系。固然，他们保守性之强令人惊异，其实地理的环境造成了他们排外的坚决的心理。对于生活没有更高的奢望，对于智识也无所谓有无满足。一出渔舍便是一片溟渤，他们看得见，听得到的完全是自然界中单纯的变化，他们所乞求的也不外肉体与风涛搏斗，藉以获得生存的养料。因此，他们与岛外人接触的时机不多，而团结本族的根性却愈见发达。从外面看起来，他们与亚姆司特丹的荷兰人不止是服装殊异，就是举动，习惯，也完全不像一个民族。

无论那个国家的渔民生活是最艰苦，最贫困的。甚么是他们的恒产？帆舟，渔网，能吃苦的身体与忍耐的心力，甚么是他们的家？风中，涛上，暗夜重雾的海面。他们一年中总有将近半年的时间作水上生涯。中国沿海地方，如山东，浙江，福建等处的渔户，我们晓得他们一部分的状况，这两个海外渔村也不是例外。

船走出运河即入南海，没有大风，船身不过略略摇动点。海波清碧，时见有翩飞的海鸥。不像海，却像在大湖中泛舟。一堆堆的绿洲，草色，树色与海色互相渲染，互相拂动。往远处看似乎有几座小山，但一会儿却不见了；也许是淡云。经过半小时便到了瓦林丹。

小小的石码头，上去的石阶都破碎了，错落地有十几只渔舟攲在一边。我们这一群刚刚下船，便围上了一群孩子，旁边还有三四个老头，像对我们有所期待。小圆帽，肥裤管，每人的小腿如撑着一个灯笼，上衣是瘦袖，肥腰，腰间有两个大铜扣子（也许有银制的），闪耀得很有趣味。男女都一样穿着木屐，走在石道橐橐上有声。男子的大木烟斗古拙得像中国乡下人的粗旱烟管。

在码头上等待我们的一群原是惯给外国人摄影的。我们这几位游人差不多谁也不肯放过这难得的机会，想摄得几张影片回去，那些孩子们便争着拉拢，希望得一角两角钱的报酬。

街道弯曲不平，多是用碎石砌成。有专售本地制造的儿童玩具的铺子，与粗瓷器店，这都是为游客开的。房子几乎完全用木料盖成，有的下面用砖泥作墙，也薄得很。不知他们住在这样房子里怎么防御冬日的海风。

恰好遇见有甚么集会，在村子中心的小空场上，有卖零食的，玩具的，小小木台上有木转马，七八个孩子在上面狂叫着飞转。就是那末大小的场子，却挤满了好多男女。妇女的装束尤为特异，瘦袖，长裙，多用深蓝白色，裙幅上层层摺子，与中国旧妇女穿的百幅裙相似，不过她们的是腰细下宽罢了。无论老妇，少女，头发上有一个厚纸制的白花帽，透花，玲珑，有尖顶，两旁有遮翼，既然不能御风，也难遮蔽沙土，除却是传统的装饰外无所取意（也有只戴一顶软呢小帽的。）。但青年女子们像这样雅静打扮，反显出与地方色彩有调和之致。偶有穿花纹衣服的小姑娘。年纪稍大点的就穿素朴颜色的衣服了。

据说瓦林丹人每年秋间到德国的坎乌拉耳（Kevelaer）作一次巡礼的游行，那是他们一年中的大典，不过以信奉哥特教者为限。

我们在场子旁边逛了一回，将要走了，从正面走过来两位年轻的姑娘，都不过二十几岁。她们的衣服虽然与别人相同，但美丽的面容与健康的体段可说是这渔村中的模范美人。我本想拍两张女子照片，恰好有这两位难遇到的模特儿，便与船上的引导员相商，请她介绍我给她们拍照。她让我自己去说，我走去用摄影机示意，她们大方得很，绝不忸怩地并立着让我拍。

参观过几家住房，都是极小的房间，极低的屋顶，看去不像大人的住室。他们的睡床都在靠墙的大壁橱里，有门开放，分两层的多。这真有趣，日本人家的被褥白天叠在橱里，想不到这里到晚上连大人孩子都塞进去。虽然穷苦，但家家屋内十分清洁，白布或织花的桌衣，挂在木壁上的杯盘，小小瓶花安置得那样妥帖，烧饭的灶房也没有甚么臭味。地板多是白木原色，不加髹漆而光洁无尘。像这样屋子的渔村即在西欧已经少见，不要说与中国的一般农家，渔户相比了。

她们很高兴有外国人参观她们的家庭，绝不阻止。女主人又取出她们的用具,她们的绣工——手巾,衣边等给游人观赏。虽然言语不通,从面部的表情上显示出她们的喜悦。

这地方的住户也经营着粗陶业,出品有点与山东博山的粗陶相仿佛,不过式样特别,色彩以蓝色,古铜色的居多,没有都市中瓷器的金彩与变化的花纹。至于仿木鞋形式的粗磁用具差不多家家都有。

杨君与我且行且谈,我们都觉得这渔村中人爱清洁的习惯与日本人相同,木屐,肥衣自是他们的风尚。但究竟不十分明白男子腰间的白铜大钮扣与妇女们奇怪的纸帽有何意义。

在村子中很少见壮年的男子,也许他们都到海上去了,常在家中的只是妇孺与上年纪的老人。

村中的男女虽然生活上不很丰裕,但面容并不现憔悴,精神亦不似愁烦,他们尚有他们的生活的方法,不过难说从容安闲而已。

由瓦林丹再上船向马尔孔进发,时已下午三点多,日光由偏西方射到船面上,暖煦如在春日。在这里很少看见有甚么绿洲了,回望来时的海道,苍茫中除却天光海光远远相近之外甚么都清楚。

由此去马尔孔不过二十分钟的船行,这里的码头宽大得多,房子也不像瓦林丹那么密集。海边沙滩上照例是闲着的渔船,间或有一条大尾巴的瘦狗在船旁搜寻食物。夕阳映射着海上奇丽的色彩,偶然看见一片蚌壳似的银光,与幽远,变化的晕蓝色互相闪动。

沿海岸不远有小饭店,专备游客到此久住的木房子。除掉村子里的都用木架支起,算是墙基,以防岸边海水的侵入。斜坡的海岸上生着丛丛中青草,小姑娘们穿着白练麻的长裙,绣花的红围巾,压发的花帽,在草坡上逗着小猫作耍。当我们经过时,她们都站起来拖着猫对我们睁大了眼睛看。

人民的居室与瓦林丹相仿,但房子的构造较好。男女服装殊不相同,女子多留长发,纷披双肩,每人腰际系一条大红织素花的单幅围巾,不是专为工作方便,却是她们日常的装饰,老妇有的在秃发上打一个包头,多是自己刺绣的。姑娘们戴圆顶绣花小红帽,遮及耳际,金黄色的曲发垂到腰间。

我在村中通两条小街的木桥上立定，托杨君替我拍了一张照片，以作纪念。

木壁上画着简单彩色的绘画，壁橱中的卧床，好陈列瓷器，这与瓦林丹都相同，所差的只是衣服的分别。男子的裤子肥大而短，与瓦林丹男人裤筒的长度有差，女的则瓦林丹尚朴质，尚青黑色，白色的裙子，马尔孔的女子却喜穿白衣，或有花点的长服，外加围裙与织绣的小坎肩。

临行时我从一位携筐售小物件的老太婆手里买了一只木鞋形的烟斗，一条她自己绣着小风车花纹的布手绢。

离开这古老的渔村时，日光渐渐淡薄了。水光上轻拖着一片片的霞光，微微感觉清冷。我们上船时几个十多岁的姑娘与两位老太婆直呆看着开驶。那如画的木房子，古装的纯朴男女，别了！大约每个远方的游客难得有重来的机会，他们多从纷扰，绮靡，争斗，幻变的大都市中来此，半日游痕，或可略略清洗他们的胸怀。也许在这孤岛上的男女，瞧着游客们自叹。“有福的人能够到处游览。”但那些游客的心里可不一样。我离此地之后，在甲板上踱来踱去，说不出是感叹还是羡慕，总觉得这又是一个世界！归途中偶然得了一首旧诗，附记于下：

> 夕阳幻彩下苍茫，画壁渔家晚饭香。补网织麻生计苦，灯前谁复话沧桑。

十　海牙一瞥

在海牙真可说是仅仅一瞥罢了，时间过于匆忙，因原来买的船只联行票不能尽着耽搁，又快到十月初了，杨君与我都急于返英，各人有各人的事情。

就在游渔村的第二天早八点，在亚姆司特丹的车站与魏老板，那年轻的管账先生，另外一位王姓的伙计再三握手之后，我便又走上去海牙的旅途。异国偶逢，这几位乡人待我太好，谁晓得在哪里再遇到？自然，都是中国人，又是同乡，但回国后怕也不易有晤面的机会罢！执业不同，各各度着飘流的生活……相别时我亦为之黯然！

到海牙不过两小时，下车后看街道上很冷静，店铺都关了门，我们才恍然，原来这天是星期日。把简单行李存在车站里，无目的地向街上乱走。

本来是路过此处，也知道虽是荷兰都城，却没有什么可看，但在这一天的时间中我们却去参观过议院，著名的画院，又在什文宁海浴场上流连了几个钟头，直至夜间十点才从车站旁的小饭店中出来，再上火车。

海牙这个都城有她独具的风格与趣味。如果我们用给伦敦，巴黎，维也纳，柏林等大城几个特点的名字比照起来，只可用“幽静”与“和平”四个字形容她。如何会说得上幽静，你一脚踏到了海牙，第一个感觉使你想到这不像大都会，仿佛英法的小城市，没有奇伟高架的建筑，没有纷忙奔走的人流，没有各大城中的嘈音，街道上也没有惹人烦厌的东西，只是平整的楼房，质朴安闲的面孔，有树，有花，有人家房子上的飞鸟。至于和平的表现，从一般人的状态与安静的氛围中，你也容易觉察得出。固然，这里有解决国际诉讼的万国法庭——和平宫，每年总有许多国际的法学家，名流，到此集会，但那只是表面上的形式，其实这地方绝无欧洲各大城中的斗争，淫靡，纷乱，使人紧张与过度兴奋的情调。

Hague(海牙)这个字有她的来源，说起来颇有趣。当十三世纪时荷兰有一些贵族在距海岸半英里之远的地方建筑起他们的猎舍，有小屋子，有花园，预备他们到海边时游憩。花园用篱笆围住，家家的房子如是，遂成为一小村落。英文的篱笆是 Hedge，荷文便是 Hague，海牙得名的由来如此。头一次将海牙这名字给予这片滨海的土地是在一千二百四十二年九月六日。现在荷兰人的习语叫做葛拉温海牙

(Gravenhage)，至十七世纪渐次兴盛，然而还不过是一个村子，够不上市镇的资格。到路易司包拿帕德(Louis Bonaparte)统治了荷兰，这地方方像一个市镇。

因为原不是一个政治的中心，又不能与荷兰别个大城作商业上的竞争。所以年岁虽久，冷落依然。至荷兰全国的联省共和成立时，执政的将军驻扎海牙，在荷兰史上曾扮演过一些重要的事件，因此海牙也成了要地。由那时起，各国的的使臣也来了，遂奠定了这个和平都会的基石。

海牙有四十三万五千余的居民，按人口数，即在中国也只是三等的城市，但人口虽不多，海牙却有不少的古迹，比起亚姆司特丹来，觉得一处是安闲贞静的闺中少妇，一处是精明强干的管家婆；一处是富有古旧的诗趣，一处是现代中善作商战的英雄。

我们步出车站，因为不识路，虽带着一张小小地图也无从查起。但沿着电车线走去。没有多时，经过一条不很宽大而十分清洁的绿树夹立的街道，一个大公馆式的圆穹门，门外有一执枪的守卫。向警察问过，啊！这就是统治荷兰的女王宫。灰白色砖石的三层建筑，既不奇丽，也不雄伟，其外面虽没有丝毫的帝王家的架子，但里边的女主人却是掌握着七百五十万人政治生命的最高权威者。

转过几条街道，临时遇见一位街头的导引人，讲明每一小时的报酬，他领着我与杨君去看他们的议院。

也像巴黎拉佛儿博物院的形式，中间一大广场，四周是古式的楼房，图书馆，画馆，画院各自分占了一所房子，出广场不远就是议院。

入门时另有一位女译员，五十多岁了，她专管替游人说明。上下两院在一个大楼上，座位都少得很，像大学的教室，也许是富豪家的会客大厅？上议院中的陈设较为讲究，软皮雕花木椅，金质玻璃片的花灯，一端有女王的宝座，楼上是旁听席，正中是议长席，有几张红绒台子放着笔墨等用具，女译员指着座位说这一列是属于某党的，那一列是属于某党的，从她的说明中我们知道荷兰也有被选出席的共党的代表。

看样子，他们的国会并不见得十分重要。本是君主国，国内政治也还清明，人民生活上较富裕，又有南洋的殖民地增加了不少的繁荣，所以政治斗争也极其平淡。

我立在这阴黯的屋子时倒有余暇能够欣赏木壁上挂的几幅名画，与在英国议院中参观的感念所差甚远。

海牙有近代艺术的博物院，有市博物院，都来不及往观，只到过海牙最著名的美术院 Maurishuis。此院创始于 16 世纪，原是一所博物院——1820 年时作为皇家博物院，将艺术品与有历史性的东西集合起来藏于此处。现在却单独成为画廊，有关历史的器物已送到亚姆司特丹去了。

房子也一样的古旧，里面上下共有十四间大屋子，完全被绘画充满。想尽力快览，及至出画院时，看看表知道已费去了两小时的时间。

院中的只是荷兰派名画已有五百幅之多，比亚姆司特丹所藏的尤多。荷兰三大画家的作品在此中的都是可贵的奇珍，这三位是雷姆勃兰特，(Rembrandt)委密耳(Vermeer Ven Delft)，与真司亭(Jan Steen)。他们的每一幅画像有奇怪的引诱力使你不得不在那画幅前面停一会。院中的肖像画可谓集荷兰肖像画的大成，在此不及详细叙述了。

从艺术化的屋子中走出，仰看着广场上的飞鸟与秋空中飘动的白云，我暗暗地想："今天并没曾空空度过！"

和平宫在另一段地带，我们问明了道路，谢绝了导引者，还是步行走去。究竟这里不是大城，不到二十分钟便到了。可是铁门紧闭，只可在外面草地上望了，那座巍峨的大房子与石阶前的雕刻，因为星期日不许人参观。

已是午后二时，逛了半天也觉得疲乏，好在和平宫前有石栏可坐，与杨君休息了半个钟头，我便趁着余闲多摄几张照片。

和平宫占地甚广，是美国钢铁大王卡耐基捐金建筑的(三十万美金)，1907 年下了基石，至 1913 年 8 月方告完成。其中陈设，听说俱由在和平会议的各国捐赠，中国的东西也有，下层即是国际法庭。可惜我们来的时间不对，没得看看里面是什么情形。但对着在大院中仰首伸臂的和平女神，不禁使人生感！尽管是乞求与希望，但和平的曙光却早被列强间造成的战云遮住，无怪这表示世界和平的大建筑物门前冷落，它只好晒晒阳光罢了。

决计往什文宁海岸吃午餐，又匆匆走出大街。沿道问明电车的号数，在一些有小树的清静行人道上，头一次我们坐上荷兰的电车。

他们的电车管理极有秩序，由前门上，后门下，乘客不能错乱。车中也极见清爽，处处都是表示荷兰人好秩序好整饬的习惯。

车中客人不多。我与杨君跑了半天，这时方觉得有些吃累，借着车上的绒座位却得到好一会的休息。

一路多在小树林中穿过，夹道绿荫，从叶丛里露出日光，云影。郊外是一片平原，土地肥沃。到什文宁后才明白我的想象错了，有完整的市街，层楼高立的大旅馆，电影院，精致的咖啡馆，简直是一个华丽丰盛的市镇。星期天游人分外多，比起海牙城内的清闲别有天地；海浴场极为宽大，沿岸有数里长，沙平，海碧。现在虽已过了夏天，来此游玩的并不减少，不过没有在水中洗浴的罢了。沙滩上一簇簇的大布伞，遮蔽着一群群的游伴。有许多大木椅子似的东西，上面有向前探出的白布罩子，也是预备人坐的，可以按时租赁。点缀在沙上，遥望去如一个个张开口的大蚌壳。海岸中间伸入一条工程极伟大的长桥，桥上三条宽道，容得开许多游人。两端都有房屋，尤其是海水上的一端，一个圆殿堂式的大建筑物，里面分开地段售卖食物，饮料。半圆形的石栏围绕着，俯听飞涛澎湃，远看云海幻变，如在夏夜，要一瓶啤酒，一杯冷饮，真是避暑佳地。与杨君在人层中缓步眺览，回望岸上的崇楼，飞阁，气象庄严，而桥上，沙边，人头攒动，正像这天开什么大会一样的热闹。

小孩子与女人尤多，他们都很快乐地出来过这个初秋的星期日。回到岸上，遇见几个胖妇，她们头顶的卷发上有一个螺旋形的小纸帽，罩住她们的髻子，式样奇怪，与在瓦林丹所见的又不一样。杨君摇摇头道：

“荷兰多怪物！……”

找到一家中等饭店，我们缓缓谈着消磨了几十分钟，待到电灯齐明，方随着游人回海牙去。

等候10点夜车的开行，没处去，在车站旁的露天咖啡座上坐了多时，正看见一位面容灰黄，衣服不洁的青田小贩——我们的同胞，向客座边去兜卖糖果。杨君赶快给他两角荷币，他匆匆而去，见了我们并不说什么话，我本想喊住他问问，但他已在街头的暗影中消逝了去。

第二天早3点，我们已在英国的船中安然入梦，渡过荷英中间的海峡。

卢沟晓月

“苍凉自是长安日，呜咽原非陇头水。”

这是清代诗人咏卢沟桥的佳句，也许，长安日与陇头水六字有过分的古典气息，读去有点碍口？但，如果你们明了这六个字的来源，用联想与想象的力量凑合起，提示起这地方的环境，风物，以及历代的变化，你自然感到像这样“古典”的应用确能增加卢沟桥的伟大与美丽。

打开一本详明的地图，从现在的河北省、清代的京兆区域里你可找得那条历史上著名的桑干河。在外古的战史上，在多少吊古伤今的诗人的笔下，桑干河三字并不生疏。但，说到治水，隰水，灅水这三个专名似乎就不是一般人所知了。还有，凡到过北平的人，谁不记得北平城外的永定河——即不记得永定河，而外城的正南门，永定门，大概可说是“无人不晓”罢。我虽不来与大家谈考证，讲水经，因为要叙叙卢沟桥，却不能不谈到桥下的水流。

治水，隰水，灅水，以及俗名的永定河，其实都是那一道河流——桑干。

还有，河名不甚生疏，而在普通地理书上不大注意的是另外一道大流——浑河。浑河源出浑源，距离著名的恒山不远，水色浑浊，所以又有小黄河之称。在山西境内已经混入桑干河，经怀仁，大同，委弯曲折，至河北的怀来县。向东南流入长城；在昌平县境的大山中如黄龙似的转入宛平县境，二百多里，才到这条巨大雄壮的古桥下。

原非陇头水，是不错的，这桥下的汤汤流水，原是桑干与浑河的合流；也就是所谓治水，㶟水，灅水，永定河与浑河，小黄河，黑水河（浑河的俗名）的合流。

桥工的建造既不在北宋的时代，也不开始于蒙古人的占据北平。金人与南宋南北相争时，于大定二十九年六月方将这河上的木桥换了，用石料造成。这是见之于金代的诏书，据说："明昌二年三月桥成，敕命名广利，并建东西廊以便旅客。"

马哥孛罗来游中国，服官于元代的初年时，他已看见.这雄伟的工程，曾在他的游记里赞美过。

经过元明两代都有重修，但以正统九年的加工比较伟大，桥上的石栏，石狮，大约都是这一次重修的成绩。清代对此桥的大工役也有数次，乾隆十七年与五十年两次的动工，确为此桥增色不少。

"东西长六十六丈，南北宽二丈四尺，两栏宽二尺四寸，石栏一百四十，桥孔十有一，第六孔适当河之中流。"

按清乾隆五十年重修的统计，对此桥的长短大小有此说明，使人（没有到过的）可以想象它的雄壮。

从前以北平左近的县分属顺天府，也就是所谓京兆区。经过名人题咏的，京兆区内有八种胜景：例如西山霁雪，居庸叠翠，玉泉垂虹等，都是很幽美的山川风物。卢沟不过有一道大桥，却居然也与西山居庸关一样刊入八景之一，便是极富诗意的——

"卢沟晓月。"

本来，"杨柳岸晓风残月"是最易引动从前旅人的感喟与欣赏的凌晨早发的光景；何况在远来的巨流上有这一道雄伟壮丽的石桥；又是出入京都的孔道，多少官吏，士人，商贾，农，工，为了事业，为了生活，为了游览，他们不能不到这名利所萃的京城，也不能不在夕阳返照，或东方未明时打从这古代的桥上经过。你想：在交通工具还没有如今迅速便利的时候，车马，担簦，来往奔驰，再加上每个行人谁没有忧、喜、欣、戚的真感横在心头，谁不为“生之活动”在精神上负一份重担？盛景当前，把一片壮美的感觉移入渗化于自己的忧喜欣戚之中，无论他是有怎样的观照，由于时间与空间的变化错综，面对着这个具有崇高美的压迫力的建筑物，行人如非白痴，自然以其鉴赏力的差别，与环境的相异，生发出种种的触感。于是留在他们的心中，或留在借文字绘画表达出的作品中，对于卢沟桥三字真有很多的酬报。

不过，单以“晓月”形容卢沟桥之美，据传说是另有原因：每当旧历的月尽头（晦日），天快晓时，下弦的钩月在别处还看不分明，如有人到此桥上，他偏先得清光。这俗传的道理是否可靠，不能不令人疑惑。其实，卢沟桥也不过高起一些，难道同一时间在西山山顶，或北平城内的白塔（北海山上）上，看那晦晓的月亮，会比卢沟桥上不如？不过，话还是不这么拘板说为妙，用“晓月”陪衬卢沟桥的实是一位善于想象而又身经的艺术家的妙语，本来不预备后人去作科学的测验。你想：“一日之计在于晨，”何况是行人的早发。朝气清蒙，烘托出那钩人思感的月亮——上浮青天，下嵌白石的巨桥。京城的雉堞若隐若现，西山的云翳似近似远，大野无边，黄流激奔……这样光，这样色彩，这样地点与建筑，不管是料峭的春晨，凄冷的秋晓，景物虽然随时有变，但若无雨雪的降临，每月末五更头的月亮，白石桥，大野，黄流，总可凑成一幅佳画，渲染飘浮于行旅者的心灵深处，发生出多少样反射的美感。

你说：偏以“晓月”陪衬这“碧草卢沟”（清刘履芬的《鸥梦词》中有长亭怨一阕，起语是：叹销春间关轮铁，碧草卢沟，短长程接。），不是最相称的“妙境”么？

无论你是否身经其地，现在，你对于这名标历史的胜迹，大约不止于“发思古之幽情”罢？其实，即以思古而论也尽够你深思，咏叹，有无穷的兴感！何况血痕染过那些石狮的鬈鬣，白骨在桥上的轮迹里腐化，漠漠风沙，呜咽河流，自然会造成一篇悲壮的史诗。就是万古长存的“晓月”也必定对你惨笑，对你冷觑，不是昔日的温柔，幽丽，只引动你的“清念”。

桥下的黄流，日夜呜咽，泛挹着青空的灏气，伴守着沉默的郊原……

他们都等待着有明光大来与洪涛冲荡的一日——那一日的清晓。

旅　途

除掉几位一同由上海来的熟人之外，所有的旅客都是一样陌生的面孔。经过两天甲板上与吸烟室中的交谈后，各人的职业与远行的目的地多半都能明了。自从意大利邮船开辟了到上海的航路以来，中国向欧洲去的旅客搭较为迅速的意船比乘英法船的日见增加。这一次在同等舱中中国人便有三分之二：公费私费的学生，各省专派去调查实业教育的职员，商人，很热闹，每到晚上言笑不断，又是旅途上初遇，到遥远的地方去，自然有点亲密。

正是船抵香港的头一天，晚饭后，三三两两在闲谈着些不着边际的话。有几位是往南洋去的，一定在新加坡下船，很高兴说："路程已经一半了，可是你们还早得很。"是的，即到新加坡还不过海程的三分之一，心里惦记着印度洋的风涛，又回念着国内的家庭，戚，友与各种事件，任是谁难免有茫然之感！

虽然船上的饮食颇为讲究，一想，早哩！常是那样的西餐便不禁有点怅然，但我在这两天里反感到心绪渐渐宁贴。因为这次的远行曾经挫折，虽是从年前就计划着，中间因为旅费与其他问题已决定不能成行，启行前的十几日，忽有机会可以去了，便重新办理一切：护照，行装，以及说不清的个人的事务。直到上船的那一晚上为止，身体与精神没曾得过一小时的安闲。虽是陌生的面孔，虽是远旅的初试，但一想这是暂时摆脱一切，去看看另一样的社会，反而觉得十分畅快。除了吃饭洗浴之外什么事情都不忙迫，比起未上船时的情形，劳，逸，躁，静，相差到无从比较。又幸而风浪不大，躺在椅子上对着白云，沧波，什么事都不多想。凡是旅客们大概都耐不住长时间的沉默，总欢喜彼此闲谈。灯光下各人找着谈话的对手，海阔天空地谈着种种事。当我从吸烟室穿过时，看见一个学生服装的瘦弱青年独自据了一张方桌，孤寂地坐着，不但没人同他说话，那张桌子的三面完全空着，并无一个人坐的与他靠近。在满屋高谈声中显见得他感着过度的寂寞！我便坐在他的对面，彼此招呼之后，我们便开始作第一次的谈话。

"哪里去？——南洋么？"我猜着问他。

"是，南洋，新加坡，先生往欧洲去？"

他的话不难懂，然而并不是说的官话，从语调中我想他是江苏的中部人。

"你是哪省人？……看年纪很青，到新加坡有什么事？"

他的微黑的脸上现出淡淡的苦笑来，"先生，不错，我才十八岁，家住在江苏的江阴。"

"啊，江阴，那不是与清江对岸的地方么？"

"那是小县份。我去新加坡找我母舅——他在那边的华侨中学里教书。"

他的言淡从容，态度沉静，虽然不免有一层阴郁的暗云罩在脸上，然而无论如何，能看得出他是一个受过好教育而无一点浮夸气的青年。

"那么，你去……"

"去，是他——我母舅写信叫我去的！因为我去年夏天在县里的初中毕业，再升学，不能，闲着又怎么了。家道呢，原是种田的人家，不过自从我父亲前些年死去之后，便把田地租与他家——自己种了，吃饭还能够维持，可是我母舅来信说：年轻，在乡间尽闲着也不是事，叫我去到他那里想法学点英文，好干小事情。"

“家里还有多少人口?”我对这么诚恳的青年便不客气地详 细问起来。

“一个姐姐出了嫁,现在除了我就是我的祖母与我的母亲了!”他呆望着门外夜涛的眼睛中浮动着一片泪晕。

“啊! 祖母,母亲,连你才三个人,真是太清寂的生活呀! ……”我对答着他,即时也记起了自己在童年时代家庭中的情形。

“唉! 她年纪快七十岁了……我祖母,自从先父死去,她越显得老了,不到一年头发便全变成白色。……我母亲也有病,幸而她才四十几岁。先生,我这次出来……”

他要说下去,或者觉得是有点兀突吧,便把话停下来,一只手抚摸着桌上的咖啡色的薄绒桌衣。

“我晓得,我也是自幼小时便没了父亲的人! 不容易,想来你这次出门还是第一次!”

“头一次离开我的家乡,先生……不是有我母舅在那里,我母亲是不会放心我去的。我走时费了不少的事,凑到二百元钱……”

“幸是你家中还来得及。……”我虽然这么说着,可是正在想象中的绘出一幅这青年游子临行时与那两位孤苦的女人在门前泣别的图画。

“唉! 现在什么都不容易换出钱来,米价又那么便宜……可是二百元到上船时便只余下不到六元了!”

“江苏到上海路不远,做什么花费去?”我疑惑地问他。

他见我颇为关切,便把在上海时托人办护照花去一百数十元的事详细地对我说了。原来他是头一次到上海,又没有一个可靠的熟人,护照怎么办法,他毫无所知。不知如何转托人说是得往南京去办,于是那代办人的种种费用都有了:路费,衙门中的花销,吃饭,汽车……及至护照到手,这青年的学生却把由家乡带去的钱用去多半。这无疑是上海流氓的生意经之一。本来护照由上海市政府可办,何须一定往南京去;更哪里有如此高价的护照费。我听完后不禁再追问一句:

“那时你到环球学生会去托他们办也不至如此吃亏。”

“我不知道这个会，因为我对于那么大的上海是毫无所知呀。……”

他紧接着把眉头皱起，声音也低了好多，“以外便是旅馆费，买船票，做一身白色粗哔叽的学生服……好歹能够到新加坡吧。上船后……现在还剩下五元与几只角子。”

“过了香港再有两天便到了，船上不用花钱，你尽管放心！”我只得这么安慰他了。

“但是……明天一早到香港，我听沈先生说，可以发电报去，到南洋时有人接。我也记起来了，从上海走时并没给我母舅一封信——其实写信也来不及，他不知道我那天准到，坐什么船。先生，在上海我已经是什么不懂，外国人的地方——新加坡，如果我母舅不来接我，英国字我只认得几个，广东话讲不来，而且我母舅教书的学校是在新加坡市外的芙蓉，听说还得坐两点钟的火车。……这不是困难的事！我下了船一个人不认得，一句话弄不清，没有钱……所以我母舅不来接我，我真是一点法子也想不出来！……地址我这里有，据沈先生说，打一个电报去得合四元多的大洋，下船时又得给外国茶房几元，我愁得很，哪里想到！以为上船后便用不着什么钱了。”

“是不是要往巴达维亚去的沈先生？

“是呀，我与他住在一个房舱里。”

沈先生是一位四十多岁的教育家，他曾在江苏与别省的中学有十几年以上的教学经验。这次也是由新加坡上岸转换往荷属南洋的华侨学校任职。从他的沉静的态度与恳挚的言谈上，我便知道他是个良好的教师。在头一天我同他谈过一小时，所以这位青年学生提到他我便知道了。

“出门的人钱是一时也不能缺少的，何况你这次的出门太不容易！……好吧，我上船时还有几块现洋，本来预备在香港或有用处，这一会我下去取来送你，可以够打电报的费用。都是为客的人，能够相助的，你也不必客气了”。

“先生！”他的眼睛里泛出感动的光彩来，“谢谢你！我什么不说了……请你给我一个地址。”

他从衣袋中掏出笔记本来要我写。

“不,我到欧洲去还没有一定的住址哩。”

他又要我把家中的地址给他,我写好,他把笔记本慎重地装入袋中,接着问我往欧洲去的目的,同行的人数等等话,无论如何,他现在觉着快慰得多了。

回到舱里取了一张五元的钞票——这是我上船时除掉把钱兑换成汇票外的零余。——重到吸烟室中送与他,他诚恳地接了,只说:“日后总得兑还先生!”

这时已经快11点了,室中人渐渐散去,这位学生也回到他自己住的房间中与沈先生商量明天打电报的事。

与这位初次尝试到流浪于旅途上的青年谈过了“一夕话”之后,我在甲板上靠着船舷,静谧中引起我的回忆与想象。

谁没有一片真纯的爱子的心!何况是从幼年时失去了父亲,为了期望这孤苦的孩子长大,饮食,提抱,当然费过那不幸母亲苦痛的心血。及至十几岁以后,便不能不为这青年人的将来打算,无论怎么说,在社会制度还没达到儿童公育与废除家庭的阶段,即使是一个愚笨不过的妇人也眼巴巴地望着她的孤儿能够成立。不必希望他是什么了不起的人物,“不要下流了,好好地做人,”她才觉得对得住自己的苦心。尤其是中国的家族制下被压迫的旧妇女,假使不幸死了丈夫只余下幼小的孩子,这“寡妇孤儿”的苦况不是经历过的人怕不容易想象。也因此,受着这样磨难的母亲对于孩子比一般处境安乐的妇女便大不相同。

这缪姓学生的家庭状况,虽然他对我只是淡淡的述说几句,恰如读到真情流露的诗歌,我是能体味其中的苦趣的。她——他的母亲,能以凑备旅途费打发这十八岁的孩子单个儿向南洋跑,情愿在乡间陪伴着那残年的老婆婆过苦难的日子。想想她给他装办行李时间的滋味;想想她在初黄的柳枝下送孩子第一次远行时的泪眼!她心里藏着些什么事?期望这孩子的将来——那一点真纯的爱子心肠如何发遣?……现在呢,她大概在床上做着一个忆往的梦境吧？大概暗暗祝祷着她的孩子身子很健适，意兴很活泼地到了自己的兄弟的住处吧？

我替人设想着，同时记起我在幼年头一次出门时那一个下午的光景。

已经是二十几年前的事了，但我没曾忘过，而且每一次想起如同展开一幅色彩鲜明的绘画。自然，前若干日便有了出门的计划了，可是直到那一下午，我母亲并没与我说过几句关于出门的告语。那正是十月初旬的的晴明的秋日，大院子中的日影从东边落下来，渐渐地只有不到三分之一的砖地上映着斜阳的明辉。一只花猫在门槛旁边，懒散地抬起前爪蘸着唾液洗自己的面孔。阶前的向日葵——那碗大的黄花正迎风微动。我的祖母——她是子女都已过世的老妇人了，现在只看着我与三个姊妹在我的母亲的面前——吸着长烟管，正在与我母亲说话。我在廊檐底下走了几个来回，觉得像有些心事，知道今夜须早早动身，好赶距离七十里路的火车。关于应带的行李自己不知道收拾，母亲与一个老仆妇，还有一个女孩子，从昨天便给我预备好了。有人送我到那个大城中去，走路也用不到自己费心。但我缺少什么呢？想不出来，久已希望着到外边去的志愿已经达到，然而在这临行的头一天，幼稚的心中仿佛填上了不少的沉重东西！

捱了一会，踱到了屋子里，在光漆的方桌一侧站住，沉静地不说什么。她们看看我，把谈话中止了，旱烟的青圈浮在空中，迸散了一个再现出一个。还是坐在椅上的母亲慢慢地先说了：

“你的行李都已交与贵林了，他从前走过很多的路，错不了。到省城去，有什么事不懂的问你大哥。”

原来我的堂兄那时正在省城的法政专门学校读书，还有几位同族的兄弟也在各学校里。

她停了一会，看看我，又说：

“你走了，你妹妹们还请先生教着她们上学，她们……小哩！……”

以后她不再说什么了，类如自己当心呀，天气不好穿脱衣服与饮食的注意呀，我母亲在我头一次远去的时候反而一字不提，就只是那几句慢慢说的话。

就只是那几句慢慢说的话！——对一个孤苦孩子头一次离开了自己说的话！然而我那斑白头发的祖母已经把脸低向着雕花木格子的墙角了。……话再不能说下去，低头答应了一句：

"放心……我知道了！"

回忆起我比这个学生还小四五岁时自己头一次出门的况味……他更是孤单，从家乡中跑上往外国去的路，比起自己来又如何呢？

天空中星光闪闪，远送着这只输船向天涯走去。深夜的暗涛载了许多人的希望与悒郁，随时默化于他们的心底……浮动于他们不同的幻梦之中！

第二天的下午，我在船面上的起重机边又遇到了那个缪姓的学生，他笑着说：

"沈先生上岸时把电报打了，还是他给我写的英文电报稿，没用到五元大洋。"

"这你可以放心了。"我也微笑着。

又过了两天，船抵新加坡时，我遇到他站在头等舱的客厅门外候着查验护照，交人头税，我被同行友人催促着便先上了岸。

以后在这只船上便没有了这个青年与那位中年教师的影子。

又过了七八个月，我在伦敦接着一张附于家函里的信笺，上面写着：

××先生大鉴：敬启者，前由舍亲缪某在旅次向阁下借银洋五元，今特交邮汇奉，至希查收为荷，并致谢意！专此即颂大安。　徐某顿。

这信笺证明那个学生是安然地在他母舅那里了，我很高兴，希望再有一次能够遇到他！

华侨教育之一斑

走马看花式的观览，原是什么也认识不清的。从另一方面说，因为远客路过，受时间的限制，对于特殊情形注意力的集中，也许比本地人来得强。可惜这只康脱柔佛号的邮船因为赶着二十三天一定的旅程到达威尼斯，故经过各埠大都只有半日的停泊。除却上岸与须及时赶回之外，没有多少工夫。但机会在人间是多的，我经过的香港与新加坡两处总共不过在岸上十多小时，却对于华人教育稍知一二。

香港与新加坡(Singapore)同为英人经营东方之根据地，但办法似微有不同。因为香港究竟是从中国人手里强要过去的，在那里对岸九龙有铁路可达广州，有轮船能通到广东福建及各处。凡是中国人，提到香港，谁也会想到它是广东的一个重要出口；但又一想，现在属英国了，便下不得转语！英国人在这里似乎故示宽大，例如中国人上岸用不到护照，中国的达官贵人可以时时来此作被保护者。而对于广东的资本家更尽怀柔操纵之能事，他们在这地方尽心尽意对付中国人，好永久握住英国货物进中国的枢纽，又可借此与别国竞争。至于新加坡可是另一种情形，虽说全埠六十万人口中华人竟占有五十万，然而除此外还有散处在各小岛的马来人，黑人，印度人，种族既很复杂，而文化的程度更不齐一。英人虽握有统治的全权，处理起来并非易易。据说新加坡是种族最复杂的地方，红，黄，棕，白，黑各种人皆有，言语歧异，风俗各别。英人要加意管理这些被管理者，煞费苦心，何况新埠是南洋要地，东去香港，西往哥仑布，交通便利；而港口弯入，岛屿环回，又是英海军的重要根据地。英人近年也感到日美海军的威力，曾开海军会议于此，足见除商业的竞争外，在此处，他们的处心积虑是另有所在。

单就华人的教育说，香港有久已著名的香港大学，誉之者以为足与英国本国的各大学媲美。实在他们每年花去二十余万镑，一共不过教授百数左右的学生，他们有什么目的？也许在英国文字的势力下养成几个科学者，能够为中国社会服务。但我想这怕是少数吧？

并非是我个人的臆测，有证明。听说香港私立小学有三百多间，（这是广东人的叫法，由此"间"字便可明白所谓小学就是私塾。）英人办的亦有十余间。私立而接受英政府补助费者有一百余间。如此说来，香港一埠的华人学校不能算少。然而据我所见，所谓小学者多半在二三层楼之上，租屋数间，在空中挂一商店式之招牌，便称得起是一个小学。而英人所办及有津贴者，则以英汉文并读，私立的则专教汉文。头二种，就等于日本人在大连旅顺所设立的公学堂，而后一种完全是旧式私塾。他们何尝不以提倡教育自诩，同时还可以博得宽大为怀的美名。例如在船上我与一位曾居高丽二十一年的老牧师（他是德国人，年五十岁，离开德国二十一年，这次还是头一次回去。所以他知道德国的情形远不如他知道高丽情形的熟悉。）谈起高丽的现状，他很诚笃地说：日本人近多少年在这殖民地中尽过心力，如教导高丽人识字，改良种田的方法，修治道路，与一切设施。难道这么办还有不是么？及至问他是不是他们的学校一例用日文日语教授？牧师掠着长胡子微笑了："是的，这是个问题，与别国殖民地的学校一样……一个样。……"一个样，各国殖民地的教育方法。

他们对华人的教育方法是印就一例的模型，到处照办。英人又何尝比他国人傻。香港的初等教育，并非例外。

至于香港英政府奖励私立学塾的办法，是每年分季派教育司署的官吏往各学校考试，择其成绩好的送入官立学校肄业，可以免费。而高中卒业时，亦选择成绩佳者送入香港大学学习。

新加坡的英国管教育的最高官吏，还是沿用前清的名称为“提学司。”这正如香港的司法高级官称为“臬司”是一样。属“提学司”下的有“视学官，”再下级的是“视学员。”每年也是分季赴各校视察。据说他们视察的主要目的在防备学校内是否有民族思想的传布。关于这类的书籍，即使在街上有卖的，也不准学校收藏。更不许以此教授学生。自从前岁所谓金文泰总督（他是以前的香港总督，香港的报上有时称之为金中丞的。）到任以后，据说直截了当限国民党新加坡的支部于二十四小时以内解散，没有客气，一逾时限他可另有办法。有此一来，各华侨学校对于民族思想的书籍检查更严，有些学校将这类的书付之一炬，有的便收藏起来，不敢再在图书室中陈列。

一个有力的证明，试问沪上较大的书局在南洋卖的小学教科书，不是另有一种名叫做《南洋国语教科书》的？因为普通小学用的，到那里有许多文字不准教授。有些书局只好另编一种，以适应环境的需要。

新加坡的华侨教授办法与内地不同。我们曾在匆匆中参观过一个养正学校（在新加坡大门楼，）与其校长相谈。据云：分中学与小学及成人教育三部，中学有一部是专仿英国中学的办法，以英语教授。至小学部由一年级起即有英语，每周四小时，除此外直至第六年级皆有每周六小时之英语。以所处地需要应用，故有此特殊情形。同年级之国语亦有每周十小时九小时之多。合计即在小学部每周功课占时间有三十九小时。至成人部则采单级教授法，每天约上二三小时，以备有职业及年长失学者，与不能入完全小学之较大儿童的学习。又有为不解国语之华侨所设之特别班。即用罗马字拼音法英语教中国文字说是较易于见效。

这所学校在新加坡有很悠久的历史，创始于清光绪三十一年，由广帮侨商设立。初名为广肇惠星洲养正学校。至民国八年，历经改革，学生由三班增至十六班，人数由百人增至五百余人，教室由三所增至十六所,不可谓没有进步。在外国人的势力下能够维持办去,比起内地人士创办学校自然较难,可是华侨的资力雄厚,故又比内地的私立学校容易发展。

学校的设备大致也算完全,如校园,学生商店,仪器标本室,图书室,运动场等,皆还相当完备。工艺室,音乐室,游戏室,美术室等亦各别分设。教者学者两俱利便。虽然是房舍较为陈旧,黑暗,然以每月二千余叻洋(叻洋即新加坡洋,一元约合国币三元)办此,亦值得相当称许。

因为这些学校的努力,现在居然有些华侨子弟能说国语,这实在是大可欣慰的事。广东福建两省言语的特殊,与内地人谈话格格不通,故华侨即能说英语,马来语,除却在侨居地有何大用,故在南洋一带国语的普及,实比任何事为重要。

总之,不能说华侨不热心于教育,唯既受异族的种种压迫,而大家又容易自分派别,不易统一,便有许多问题发生。然以近年来世界经济之深度的恐慌,牵连到南洋华侨各种营业的失败,再加上殖民地主人翁之榨取,(例如新埠的橡皮业之衰落即其一端。)则华侨资本家的前途怕不易再有欧战前及欧战后数年的幸运了。因此,教育及其他公众事业也都受此影响。

虽然迥非前若干年可比,而每一只船从上海,香港开往南洋去,中国的谋生者还是一批一批地向那些炎热的地方走。英人,荷人,对于入口的华人有种种限制,而去者却并不见得减少许多。

到处都是一样,在香港,在新加坡,有蹲在街口擦皮鞋卖报的童子,有守着小香烟摊售烟的女孩子,所谓"教育平等"这句话,说来究竟有些勉强。

“拉　荒”

连续了十多天的海上生活，难说不令人感觉烦闷。酷热的气候，一望无际的大洋，不停的电扇，吸烟室中的笑语，甲板上的留声机唱出单调的爵士音乐，这类情形偶然有几日尚觉不十分讨厌，不过长期航行在郁热的海面上，天天如此过活，即是有耐性的老人也要叹气。在船上读书，写字，果然可以自作消遣，我却不易办到，意大利邮船的二等经济舱在我们这样的旅客看来已够舒服了。有洁净的房间，宽大的餐厅，一天四顿丰富的饭食，饭后还有一小杯酽酽的黑咖啡。如果你愿意多花几个里拉[1]的话，吸烟室的小酒排间有汽水，果子汁类的冷饮，可以叫来享受。至于晚上有时听听意大利的名曲，与看看美国式的电影并不须分外花钱——不是吗？这比住上海的中等旅馆合适得多，然而我最感到不快意的便是用笔的问题。

本来，海上生活不是预备人用分析与评判的脑力的，它是希望每个旅客吃的饱饱地，喝的醺醺地，（侍役们第一高兴的事是你要他们的酒，这是他们的小买卖与大厨房毫无关系。）谈天起劲，散步下力，再就是帆布篷底的大椅上软洋洋地一躺，似睡非睡，静候着吃午

① 里拉乃意大利的钱名，每个里拉约值中洋两角。

后茶的锣声。

看书当然可以,不见有些旅客神气十足地斜坐在甲板的躺椅上把书本当做消遣?他们多半是看小说,杂志——当然有些学士一类的人在读着经济,法律,历史等书。我亲眼看见一个锡兰的黑学生天天攻读一本高等算理的教科书,又一位印度某大学的教授,细心校正他方出版的英文本《大战后的经济趋势》。这真是不易得的勤学之士。话说回来,也不过是好那一门的多看几页就是了,他们也不易极切实地用功,而且有时得大打呵欠,或望着海水发呆。

谁能容易脱却环境的引诱与包围呢?旅人们不管是有什么目的,离开了故国与亲戚,朋友,走上长途,说好听点是“乘风破浪”;其实谁的心是一块硬石头?不同的气候,不同的人群,水色不同的洋面,奇奇怪怪的各种言语,这已足够你感受的了,何况有泼刺惊跳的飞鱼,有呢喃轻飞的海燕,有热海上分外明的星星,月亮,清晨与黄昏后的霞光。如果你是个诗人,这自然界的情形准可给你添上不少的材料。每隔三天五天,有时须长至八天,才到一个码头,更换更换你的眼界。

这并非是寂寞的旅行,天天有新的希望与变化多趣的观感,然而也因为这全是动的生活,便不容易平静。你若是个书呆子,必要在船上“手不释卷”;考究你的天文,地理,或要精心研究什么政治,经济与哲理的大问题,包管你准得害脑子痛;准会使你饮食减少精神疲怠。……至少我个人是有这样的经验。再说到提笔写文,只可在清早起来瞅空,甲板上阳光还没有罩满,吸烟室中一两个侍役正在收拾桌椅的时候,你如有文思倒可写点片段的游记,日记,或信件。其他的时间最相宜于谈话吸烟,打扑克,听戏片子。毒热的午间,不管海上是怎样的平安,一阵阵的倦意袭来,直想躺着,什么事都不愿干。

长久的沉默,我没有那点耐性;想正经看书作文的念头早被南海中的热风与印度洋上的日光打扫净尽,找一点可以自觉舒畅的事做,除却在夜间看海上的星星,月亮,便是觅伴谈天。

谈天,像是随时可找到对手的,话可不能这么说。不说是在海上旅行，就是在平常时候谈天也不容易找到有意思的对手。我这里所谓谈天，不是开学术辩论会，也不是作“今日天气好，你从哪里来？……哈！……”那类应酬话。谈天是上下古今，无拘无束，还得要“有味儿”！“有味儿”，这三个字不好讲，有的人自以为学贯东西，识包中外，侃侃而谈，觉得有份道理，说句不合时宜的话，我就怕这一手，尤其是在这么闷气的海上生活中，我不愿意领教这类健谈的套数。

谈天，管它是什么题材：乡间的故事，奇异的风俗，蚂蚁吃大蜘蛛，打疯狗的惨剧。什么都可以谈，只要说的，听的，都感到“有味儿”，是非情理暂且不管。

一个人过着单调生活，真希望能有谈天的对手。可惜咱们的知识分子，不大有谈天的本领。千篇一律的学校生活，政治经济的一般评论，或是学理主义的模糊之影响谈，你与他们谈，不过几十句话，你可以明白那一套的范畴。我一点不敢说：“人三句话不离本行”是褊狭，是囿于所习，其实我是包在这样的范畴中的一个。几乎除了自己所习，所略略懂得那一点的“学问”——就是大量地说“学问”吧——渣滓之外，从那里能够找点“有味儿”的谈天资料。

并不希奇，一个人为生活的力量与识域限定，更无好方法可以使他的谈话有多方的趣味，尤其是终天混在都会中的知识分子。

同等舱的西洋人中有天主教的神父，有娇娆的摩登女子，有在大英殖民地办事的小官员，有到南洋印度去的商人。中国人多是所谓知识分子，但自从由香港上来了九位老乡之后，因为言谈与地域的关系与他们容易接近，于是在难找“有味儿”的谈天对手的沉闷中我觉得十分快乐。

当我由香港的岸上回船之后，很惊奇地发现了同等舱中新添出九位“山东大汉”。每每人家提到这四个字，听的人心目中便立刻想到山东人是粗野，有气力，高个子，说起话来声音笨，甚至于喝烧刀，吃大葱，与江南人的伶巧，温柔，漂亮，秀气成了反比。于是演绎之后，便将“老戆”两个字送与他们了。不会错，这个浑号送与大多数的“山东大汉”倒也合适，而且无论在形体与性情两方，甚至于吃喝的嗜好上都对。但他们也有他们的“戆”的用处。……看他们的行李：柳条包，真正道地国货的小牛皮提箱，巨大的竹网篮，这不合于北平话“干吗呀？”如果是随了这条大邮船到欧洲去的，还用得到网篮一类的国货行装？他们的衣服呢，不错，也穿西装——不甚合式的西装，种种颜色的领带，有的软领歪了，有的裤子上有一些折纹，粗劲的手指，不很文雅而有时是茫然的神情。几个大肚皮的西洋人不免多看几眼，中国的客人们当然也觉得奇异，应分是deck passengers，怎么会跑到这舱里来？可是一点不差，人家有船票，有护照，那些白衣亮发的意大利侍者们也只得给他们安排一切。

天气热，在下层的舱中自然不能久待，所以当天晚上我同这几位新客人便有了初次谈话的机会。出人意外的是这群中的一位，近四十岁的，麻脸，厚唇，肩部微拱的大汉，在饭厅里与侍者头目说起俄国话来。

那个侍者头目很会几句英德的照应话，却没人料到也会罗宋[①]话，这位大汉别国话都不懂，但说起罗宋话来十分流利。这一来使满厅的中外男女都向他看，恰巧我坐的方桌上还有一个空位，于是他便来补缺。

以后，船是匆匆地经过新加坡，槟榔屿，哥仑坡，孟买，航行于阿拉伯海上了。在这十余日中，每当午饭与晚饭后，便是我与这几个大汉们谈天的时间。说是大汉，不过仅仅用来作为山东人的代名词而已，其实他们中的头目——老板，是一位五十多岁的黑须老头，身个儿比我还矮点，黑巴巴地的脸膛，眼角与嘴角的皱纹，一层一叠如同山水画上的荷叶皴。说话老是一字一字地向外发。那点从容的气概，比起“温良恭让”的士大夫阶级中的“君子”还自然。另外一个是他的族孙，这个团体中的秘书先生，一切写信与动文墨事全归他担任。二十九岁，多年前的高小毕业生，很清瘦的面貌，薄嘴唇，与细长的眉毛，是最年轻最文雅的一个，比起他的族叔祖仅仅高有半头，除了这二位之外，其他的几位伙计可真当得起“大汉”而无愧，即讲膂力，我看只有船上的水手能够同他们来一手，至于乘客们，不怕连挺腰凸肚的西洋人算在内，也不全是他们的敌手。

恰巧我住的房舱与他们的两个房间极近，每当午睡后或就寝之前，

---

① 罗宋二字乃上海一带人说俄罗斯的另一译音。

我常常过去喝他们带的中国茶。茶叶自然带着，就是藤子茶壶囤也是从大网篮中取出来的。有时候他们自己向厨房里提开水，把清茶泡酽了，我每次喝便尽两大玻璃杯，比起那饭后的黑咖啡与冷饮来实在够味！因此，我才明白带网篮的好处。因为人多，他们从香港携来不少的水果，一例地让我吃。你们想：在那二十六七天的航行中遇到这些朴厚，勇敢，勤劳而且有趣的老乡，我一道上真减少了许多愁烦。

谈起来，他们与我的故乡还是相距不远的邻县。他们不但是同县而且多住在一个屯①里，不只多在一个屯里，又多是同姓，同族，唯有一位王姓，一位刘姓是例外。他们去的地方是荷兰的亚姆司脱丹。去的目的要往那边去推销山东茧绸与烟台女工手制的花边及桌布一类土产品。荷兰，他们都没曾去过，文字，言语亦不懂——虽然他们的每一位都到过很远的地方，每一位都会说一两种外国的应用话。唯有往这陌生的地方去还是第一次。不错，由烟台领的护照，在香港找各国的领事签了字，还有通济隆的介绍信，但在船上，他们不懂英德的言文，以及到意大利上岸后的行程，怎样坐车换车与行李的运输，都十分茫然。他们单凭了以前在日本，在南洋，在南美洲，在革命前的俄罗斯的行商经验；凭了他们团结在一起的热心；——总之，是凭着他们的勇气与冒险的精神，便走上了往欧洲大陆的旅程。

没有人招呼，没有人引导，更没有西洋商人的知识。“闯去，怕什么！咱们哪个没走路碰回钉子，没吃过苦头？有的还是从死里逃生，无非是不会说那英国话罢了，谁管这一回事！……先生，出惯了门，在屯里待上两年不知怎的不受用。不差，有耕地地里也还打得出粮米，安安稳稳，这乡下日子咱们还不至于饿死。谁晓得是什么脾气？老想着向外跑，只要组织起来东伙来，哪怕走到天边，不缩头，不管远不远，更想不到那些困难！……”这是他们坚决的壮语。

这群中的老头领与青年的秘书对我常说这一类话，别位呢，有时也少少谈到。看他们的态度老是很平淡地，绝不在乎，也不计较什么。与

① 东北方有些小乡村叫做什么屯，屯的意思是从当年屯戍——军队驻防而起的。

同舱其他的中国客人们相比，这自然是另一群了。

只有两位的年纪约四十七八岁，别人，平均年龄不过三十左右。

以前他们所到的地方，日本，新加坡，荷属东印度群岛，算是最近的，有两位曾去过南美洲——阿根廷，有六七位都在俄罗斯住过几年；虽当俄国革命以后，他们还在那种情势下努力挣扎着。有人则直等到中俄打完仗后方重回故乡。知道在那个国度里不容易再干他们的老交易，才另打主意，开辟他们的新路线。他们的头领在俄国革命前曾住过八年，就是那位青年秘书从十六岁去找他的父亲，也有四年以上的俄国生活的经验。

晚饭后，一天的烦热减轻了。坐在甲板的躺椅上，一面听着船侧的波浪，一面同他们闲谈，往往到半夜后方回舱睡觉。他们的热情与勤奋，他们的冒险与苦楚的遭遇，比读有趣的小说还动人，自然，他们是为了自己的利益而抛弃了一切去寻求运命，抱了北方人"下关东"一样的决心，情愿到生疏辽远的外国地方找罪受。为利，一点也不错，但这样勇敢辛勤的小商人，能打开多少难关，等于手提，肩负，在那些关税高重情形陌生的帝国主义者的领土中挣回一份血汗钱来，我们的官吏，学生，考察者，游历家，很随意地往外国去，比较之下难易如何呢！

那位青年的秘书先生尤其同我说得来，他常常述说他自己不能继续读书的惭愧，又对我是那样的客气，"像你们懂得外国的事情比我们多，又能知道人家的文字，什么事情不明白。我何尝不想多念书，可是做的这行生意便没法子。……"

"你以为多念两本书便有用吗？"

"哈哈，那还用说。像你们……做事容易，又明白道理。"

显然，他所谓做事是说的干差事，做官。我淡淡地笑道：

"你知道多念两本书的人的苦处？"

"苦处？……先生，你会说笑话吧。讲起苦来，我真受过，当时倒不觉怎么样。……"

接着他告诉我他离俄国时偷过边境的危险的故事。

在某一个人生的定型中，他的思想与行为便处处受了他自己的意识支配，这是谁也不能避免的。像我们这位体格瘦小而富有硬姓的青年，那时候，他不过是一个二十岁的大孩子，在那个国度里，逢着那种希有的变局，却能历尽苦辛从西伯利亚的险地偷跑回国内来。无论如何，那点勇气是值得赞美的。固然，他自幼小时受的教育，以及环境的关系，与有新知识的青年不同。然而凭他那份勤劳，勇气，什么难关他也可打得过。

他说：

“我们这一群中年纪大些的有的是在俄国革命前去过。有的是从俄国革命的纷乱中逃回来。我呢，你猜……倒数上去十三年，我十六岁，方从小学出来，便随着一个乡下亲戚到莫斯科去。算一算看，那不就是老毛子[①]的穷党已经得势了的时候吗？”

“对，”我问他：“怎么那个时候去？也做买卖？”

“你不知道，我父亲住在莫斯科多年了，开一个小店铺，生意比以前差得多，可是穷党还许中国人做小买卖。家里人挂念他，他也没法回来，那里人手少，我便不顾一切，凑了一份盘费同别人去。一句俄国话不会说，幸亏同去的那位以前是去过的。……就这样，一住四年，我父亲看我与老毛子混的熟了，话讲得来，得了一个机会他先回国。我呢，年轻什么不顾虑，买卖也能有点好处，便与一位伙计住下去，想在那继续我父亲的事业。其实只知道老毛子改革得和以前全反了，说是共产，别的都不懂。好在像我家那点小生意，人家还准许。……我只知道同他们的小商人，干活的人有来往，也听点穷党革命的新闻，至于他们的法律与对一切的计划，先生，你想我哪里来的工夫去作详细的研究。

“就这么过下去，不瞒你说，那时也有一位老毛子的姑娘同我要好，人心是一样的热，我不亏待她，她也有心同我回中国来，可是没想到的事——为了中东路，奉天的军队与老毛子干起来了。

“这一来像我们这般中国的小商人与工人都不好办了，直截地说，加入穷党的自有人家的办法，我们便被老毛子下了大狱。本来很对，东三

---

① 山东人呼俄国人为老毛子。

省不是拘了好多的穷党吗？两国既然抓破脸，没别的可说。……”

“那么你在狱里过了多少日子？”我看这位秘书先生在灯光下谈起往事来，脸上分外显得光亮，便知道他是何等的激动了。

“惭愧！我幸而没给他们押了去。……不可缺的是朋友，外国人好心眼的并不少。就在那一个月里……那一天，恰好是礼拜五的晚上，穷党就预备这一夜里拿人。中国的，像咱这些老实人，以前只晓得中俄打起来，火车不通。走？走得了！中国使馆里大人们早早跑了，谁也不知主何吉凶，听天吧！就这么混下去，幸而有个做工的老毛子给我打了一个电话，嘱咐我风声不好，这夜里到他住的地方去。……好不容易，居然藏了若干日子。店铺不用说被他们查过了，许多许多的中国人押在狱里，直到《伯力和约》定了才能自由出来。货物早完了，什么买卖也不想做了，混了几年，剩下了将近一千元的美金。……俄国钱一出他们的国境便是废纸，好容易偷换成美金，想带回家乡。……先生，那时我不回家又怎么办！嗳！没法子，那位年轻的俄国姑娘我对不起她！就是一个人往外走已经吃尽苦头了。

“不错，当时从德国使馆里弄到一张护照，(那时中国是托德国使馆代理华侨事务的。)这不过证明是中国人罢了，可以在老毛子的国里走走，想出他们的国境却没效力。而且一个钱带不出来，即使能离开俄国，向哪里去讨饭？住在莫斯科又怎么办？……

“后来我同那一位曾押过大狱的伙友，还有别的几个中国人，借护照的力量，好歹到了海参崴。自然先吃过一些苦头，可是再往前走便是难关，车票买不出来，检查又十分严密，到了绝地，我们便不能不去‘拉荒！’”

我头一次听见这个名词。“怎么是‘拉荒？’”我着急地问。

“这是在那边很通行的一句中国话，意思是偷过中俄的边境。从海参崴出来要走上三天——三天就是三夜，因为白天是一步也不敢动的。都是一层层的高山，峻岭，粗大的树木，比人身还高的莽草，尽是走那样的道，简直看不见人迹，所以叫做‘拉荒’。——偷过荒山——回想起来，真是凭着性命去冲。被放哨的毛子兵瞧见，枪子便立刻打来。但是与其困在海参崴想不出更好的方法，只有出此一途了。

“不是中国人大胆，还有比中国人更大胆的高丽人专在海参崴干这行交易。他们都是偷关漏税的好手，对于这一带山路十分熟悉，有没法回去的中国苦力想‘拉荒’得雇他们作引路人，六十块中国钱一个人，自带干粮，出了岔子都得认命。

“就是这样，我们一起十一个从莫斯科逃来的中国人便随着一个高丽人在黄昏的月下爬山。正当九月的天气，北边的冷度真够劲，没落雪，然而夜间走起来身体冻得直哆索。好在每个人把心提起，只望着安安稳稳到山下的河那岸便是中国界。白天在深山的石洞或几十棵大树后面的草丛里藏身。嚼着带的黑列薄①，喝几口涧中流水，望着惨黄的太阳发呆。

“你想哪一个‘拉荒’的人不在外头多少年？不是在那里想不出生活的法子来，谁肯走这条险路！我那时什么东西都没了，只有身上披的一件破烂的粗呢大氅，所有的身份②便缝在这件破衣的里面。几十张美金帖子，全是在毛子国里四年辛苦挣得来的。”

他说到这时，两只眼睛中仿佛有点湿晕，我想：他回忆以前的经过一定心酸！我静静地听去，不好掺入什么话，像看一出悲剧，提起精神正要看到一个“顶点。”吸烟室中恰好有一位犹太的年轻姑娘弹批霞哪，音调中那样的幽沉。月光荡着银辉在平静的海面上晃动，航机轧轧地响着前进的节奏。几个外国人在甲板的一角上也谈得很起劲。这位秘书先生中止了谈话，吸过半支香烟，才从沉默中又说起“拉荒”的故事。

“荒，一丝儿不差”。那一带的大山如果不是有引路人准不会找出路来，什么路？还不是崎岖高下的尖石堆成的鸟道，又不止一条，刚刚借着月光辨清脚步的暗夜，东西南北是不能明白的。转一个山头又一个山头，有时在深邃弯曲的涧道中按步挨去，一不当心会被尖削的石块绊倒。

---

① 列薄是俄国面包的叫法。

② 身份在这里当作财产讲。

一阵风吹过来，树枝子与落叶一齐响，衣服拂着高草更容易听见动静。各人口里都像衔了一枚核桃，只听到前面走的人喘气的粗声。……在那时候，如果用手在大家的胸口上试试，准保都一样突突地跳。分外吃惊的是野兽的嗥叫，猛虎，也许是野狼，野猪，从上面或山底下发出凄惨的叫声。即时我觉得一阵冷颤，汗毛都像直触着贴身的里衣。月光下看不分明，远山顶上独立看一棵白桦，便误认为是老毛子防守边境的步哨。

"一个黑夜过去了，第二天在温暖的阳光下躺着休息。明明是十分疲倦，可睡不宁贴。我们全得听从引路人的指挥，用俄国话与中国话同那个老当镇定的高丽人问东问西，但是无论如何他不许我们这一群白天在山里的小道上出现。

"第二夜又是这么模模糊糊过去了，照样是白天躺在草里。虽然还没出山，可知道第三夜不等天亮过一条小河，脚踏着河那面的土，便逃出老毛子的国境。然而这段路最险，直到跑下高山的陡坡，在草地中要走两个钟头。都是平地，河岸上的马巡来往不断，不比在有隐蔽的深山里容易躲闪。

"横下了一条整个的心！大家一齐这样想，谁不望着自己的国土觉得亲热。明知道即使到得那岸还隔着家乡有几千里远，但是比起在这荒山里偷生，那就是另一个世界。

"然而就在这第三夜的夜半后出了岔子！"

"啊！"我正听得出神，却不意地来一声惊叹。

"到底是逃不过他们步哨的夜眼！"他的声音略略放低了，"也怪自己人，路近了，已受过两夜的苦，及至出了这片荒山钻在草地里走，论理不用心急，横竖不用天明准到对岸。一条平平的浅浅的沙河，从草丛中翘起脚来可以看见了，可是谁都想赶快越过这个危险的地带。在劲风吹拂的草里弯着身子向前小跑，不止是一个人，又是连串着走。在静静的夜中，衣服与草叶，草秆相触，还没有一点异样的声响？那些久在河岸上巡逻的马兵很明白这类勾当，他们的耳朵也格外灵敏。……记得清楚：那时的月亮已西斜了，几颗大星在我们这群难人的顶上闪闪有光，偶尔向来路望去,阴沉沉的找不到边际的高山,如同一列大屏风,天然限隔这两个大国的边境。我恰巧在这一行的中间,压紧了呼吸,不管有粗毛的草叶在头面上拂着,尽力钻走。

"半空中飞过去一粒子弹,这是叫我们立住不动,静待马巡追来的暗示,你想在那样的情形下谁也不能管谁,每个人的感官异常灵敏,尽有火弹的阻力也挡不住他们向前去的勇气。何况事情已被发觉,又看着那浅流的河界就在不远的前面呢。于是大家便不钻伏在草莽里面,迅速地向前跑,也不能挨着次序成一个行列。生命与危惧鼓起我们最后的挣扎力,即时便跑远了。而同时从侧面,后面追逼的枪弹也不向着空中施威了,向下打,打打打,高加索快马的响铃在我身后追来。

"我跑在同伙们的后面,已隔得远了,而几十只马蹄也冲入草丛,子弹横飞,我不能走了,向深草里钻进去,躺下,把身体付与不可知的命运。

"冷,饿,困与恐怖,这时包围了我的全身,电棒子从马上照耀着,年壮的老毛子兵来回在草里搜索……多深的茂草,在这一片荒野里如北方的夏季的高粮科①,找到一个人的藏身处并非容易。然而与我同行的刘伙计因为腿上受了伤走不动,被他们捉到了。距离我伏的地方不过有一丈多远,我听见他挨了打的叫声,与他们用皮带把他捆缚在马上时胜利的欢语。

"他们捉到一个俘囚便回去了,没再追索。我困极了,也许是吓的精神乱了,躺在草里便昏过去。及至醒来,看看月亮快落下去,四无声响,知道同行的人们找不到了,河口,在这快天明的时候也不容易找路通过去。身上呢,那件内缝着金元票的破外衣早已丢了,一定是急促的逃跑中脱掉的。不过这时我对于金钱倒绝不在意。自己的性命还说不上怎么样呢!……若被捉去,又得住几个月的监狱。经过寻思之后,不能在这里久伏,只有踏着他们走过的丛草向前去。然而愈走愈坏,后来已经走到另一条路上,在曙光将放的时候,又爬入一个荒山的深谷。在冰冷的石面上拖着脚找路……啊!这难以忘记的一天!阴

① 高粮科即是夏季的秫秫长高了容易藏人。

云腾起，尖风刮在脸上添上一层霜气，一件单薄的里衣那里能抗得住，更使我绝望的是转了多半天找不到那条路径可以转到河岸去。坐在大石上看看脚底下的皮鞋已将鞋尖穿破几个窟窿，抖抖地打着寒噤，一点力气都没了。忽然听得山顶上野兽的咆哮，引起我求死的欲望，我一个失路的‘拉荒’人找不到出山的道路。身上的列薄早已吃净，与其被人家捉回去活受罪，不如葬在野兽的腹中。……然而一转念间想到家中的老人，想到一切，马上便想不如自己投到大狱里，无论如何，还有再出来的一日！

“其实这不是同一的妄想。向前去找不清路径，在这片群山中又向哪里找回去的路呢？……正在毫无主意，忽听山坡上有人低叫，一个中国人，他飞跑下来，啊！原来也是夜来同行的失路者，太巧了！我同他抱着大哭，那时的心景即使再被老毛子捉去也还甘心。

“有了同伴便添上勇气，还是转着想找路出山，围着山尖走了一段，真是巧啊，又遇到两个中国木工，各人背了斧，锯，像是上山砍树。彼此问起来，知道他二位是河间府人。向来是作木活，住在十里多的小屯子里。原来那个高丽人与别的同伙们早已过河住在他们那边，却派了这两个人来到山中找失路的我们。

“他们的路径比高丽人还熟悉，不到一个小时很平安地越过边界，到了那荒凉的小屯里与大家相见。……就是那顿午饭，我吃了三大碗的煮小米。

“以后我们走旱道到东宁县，方雇上车辆往滨江，在我的叔叔家住下。等待了四个多月，被捉的刘伙计从大狱中放出，他再‘拉荒’偷过来，我们聚在一起，才得重回故乡。……”

这个故事说完之后，吸烟室的琴声早已停止，只有三五个男子据着一张桌子喝啤酒，青年的秘书先生他并不觉得有什么了不得的感伤，不过时时叹几口气。

我望这腾起一片银雾的水面说不出别的话，只是问道：“经过这一次的冒险与苦楚，你还是很高兴地向外跑吗？”

"回去算待[1]了两年,我祖父——他七十多岁了,他诚心不愿我再出门,我父亲,叔叔倒不关心,我还是觉得跑路有意思。先生,你明白吧,我不是专说为的挣钱!所以我们的老板领了这小小的东本之后,从烟台,我又随着走上这条路。"

这是我同大汉们谈天的一段,在那热风横吹的海船上,他所给我的不止是有深沉的趣味,也不止是觉得新奇可喜,从他的经历中却使我明白了所谓"老戆"们的勇敢与精神。他们有他们自己的一种人生观,去向辽远的地方寻求命运。

像这一类的"谈天"打退了我在船上的单调生活。

有时间我还可以另记一段,因为后来在亚姆司脱丹我又重行遇到这几位姓魏的先生们。

---

① 待即无事闲住之意。

这篇文字本可将第一段去掉,比较紧凑,因借此想略述船上生活的情形,故多说了许多与本题无关的话,又为口气的切合,文中用些土语,读来容易上口。

三位黑衣僧

同等舱的旅客中最使我注意的有三位黑衣僧。从上海启行时，那位高个大胖子意大利籍的教士我已经同他谈过一回，到香港时又上来二位，一高一矮；而且一位是七十多岁的德国老头，一位是不到四十岁的匈牙利的壮男子。

他们的服装，举动在同等舱中自成一派。他们不好与别的客人联合，而那些商人，学士，专员身份的旅客也同这三位合不在一起。每天清晨与晚饭后船面上散步，谈话时，他们常聚在一处，而从香港上来的两位尤为接近。

因为那位意大利教士在河北住过八年，中国话说得不错，一时引起了我的好奇心。由他便认识了那位德国的小老头。于是在不是属于教派的旅客中我同他们扯谈的时候不少。这位德国小老头的名字叫做亥买耳(T. C. Hiemer)。在高丽传教二十一年，这是他头一次返回他的故国，他对于欧洲情形生疏得很，欧洲大战的惨酷与战后的种种变动一切都与他无关。在高丽的一个小县城中他过着如同隐士般的生活，除却照例劝教，宣传福音，祈祷天主之外，他倒是毫无罣碍。在这三位黑衣僧中间他是最有意思，而且性情最好的一位，身个很矮，比我还低半头，头颅与眼鼻都小，长细的下胡愈显出满脸的神秘气。一只烟斗不离嘴边，没有事便在船面上看海，轻易不向藤椅上平直地躺下。一举一动都带着庄严的表示。二十多年的神秘生活把他的精神全凝固于另一个世界之中。许多传教士从欧洲远来东方，自然有大多数的人是为了生活，可是教育与环境也能把一小部分的教士变成了“殉教者”。人间的幸福：他们屏弃了妻，子，财物的慕恋，打开了荣华，名利的关隘，以“天主”为依归，以白热的心情作教义的传布。虽然我们对于宗教只管有种种不同的见解，对于这迷信神权不重人治的思想不能赞同，然而一个人具有那样的精神却也不能不令人想到“神道设教”的用意。

我与这位德国小老头格外相熟还另有一种关系，因在船上很有闲工夫，我商得他的同意，每天午后请他教我德文一点钟的学习，是在午茶之后，我到他住的房舱中去，难得那么热的天气他却不烦不厌地教我。他的英语能以达意，但他每天早上还从那位匈牙利的教士学英文。匈牙利教士在香港一个教会中学教英文，话说得很流利，德语也讲得好。加上意大利人，他们住在一个房间里，这是船上的特别办法，知道这些神父们另有他们的习惯与诸种仪式，所以不与别人同房。

每天亥买耳除却教课之外总与我谈上一小时。天空，海阔，什么事都说，因此我也得到许多自己不知道的事。本来船上的生活容易感到烦闷，他们不看纸牌，不弄种种玩意，不游泳，不跳舞，不是更为干枯么？然而读书以外他们却有他们的忙碌：一天至少有两次在屋子中作祈祷，每逢礼拜几还合起各等舱的教士们作大弥撒，余外的时间是散步，吸烟，谈天，看报。

一般船客，似有一样心理都不大高兴同他们交谈。本来无足奇异，西洋人中——除却几个印度，锡兰的商人，学生之外——有几位是各国殖民地的小官吏，还有三四个奇装异服的女子——有时披着肥大的印花绸大衣，有时上身只穿胸衣，下边是肥管的花绸大裤。这些人神气自然不同，教士们也看不上眼。有了孩子的父母更与他们合不在一处。中国人另是一派，所以这三位黑衣僧很显然地自成一个小团体。因为意大利神父英德话都不大懂，从香港来的二位又不会中国话，虽然拉丁文可以通达他们的意思，终不十分便利。往往德国的小老头与高个的匈牙利人倚着船舷低声谈话，意大利的一位便来回在甲板上走步。

据我的观察，他们老是过着那么单调的生活，日子久了把他们的精神也完全另纳于一种人生的范畴之中。所以凡是多年的教士无论他们是真纯的信仰者或是虚伪的教徒，如果过那样的生活久了，总有他们的心理变态。其言谈，行动与一般人迥乎不同。有人说：中国的尼姑，外国的姑奶奶们，(在天主教之 Sisters，中国教徒以此俗名称之。)都有她们的特性，女子如此，男子也不能例外。我们读中世纪关于教会中的僧侣的故事可找到许多证据。一个人尽着在一种迷信，神秘的岁月里混去，把原来的一切人生应有的欲望被某种强力抑压下去；硬把他的灵魂嵌于某种的定型之中，自易造成特殊的性格，冷静与热烈，残酷与和善，皆能随了他自己的个性发展出来。这与老处女或终身的单身汉事同一例，加以宗教力的逼迫与诱发，便变成另一样的人生了。

不止是关于性一方的强制，其他事亦可由此类推。宗教中不乏令人惊异的牺牲行动与反常的事件，自然，由于感情的激动，也许可以撇开平常的是非，而使一个人有不自主的大力去敢作敢为，根本上须有坚固的信仰力。世界上重大的事件，能够聚合着不可抵御的力量，作出平凡人在素常日子里不能干的事情，其间不可少的便是"信力"。没有这点东西是不会有成的。只是坚持地信仰，它能改变一个人的精神与提起另一样的企图，另一样的热情，向另一个世界投入，因之便把一个平常的人生观念也完全变更了。信力不止限于宗教，然而宗教在人类过去的历史中具有伟大的与难解的魔力者亦在此点。

我遇到的这三位神父从他们的个性看来，给我一个很好的推证。人终不是什么不可理解的东西，某种意识总能支配他的生活，社会中的阶层——广义的说法——不是一时容易消灭的，真的譬如染丝"染苍则苍，染黄则黄，"因有所染方能成"采"；因所受的不同遂区分出无穷的人间味。这是现在无可奈何的分别。除非是将一切的不平都消灭了去。或者是到一切毫无差别的世界。

意籍神父的高傲，匈牙利人的孤僻，与德国小老头的和气，笃实，这是在在足表现出他们的个性的。然而除却那特有的个性之外，他们受思想与环境的迫促，却也有他们的相同之点。

我常想：宗教生活使人容易有极端的出入，说一句浅近的话就是能救人亦能杀人，能使人十分冷静也能使人热情激发，因此一般常过着严肃规律的宗教生活的人，其性情，行为，必与普通人不一样。“槁木死灰”是一例；“恍惚有象”是一例；“救苦救难”又是一例；“在血中受洗”即认为与耶稣为一体，饮葡萄汁，吃面包即以为能入“圣道”；或是遁居沙漠中以祷告度日，或是用铁链自缚那样的苦修。然而在相反的一方；正是“一手持剑一手持经”的宣传；借口“三位一体”与崇拜“救世主”的标语争夺政权，滥行威暴；或为军国势力作先锋，造成自己人的特别社会层。……许多事实不胜枚举，世间的一切事，利与害总是相对地存在。人性绝不像空想家想的那么简单，宗教在过去的历史中占有最重要的地位，其关系所在不是几句话可说得清。因为遇到这三位黑衣僧，我便常常想到这些问题。

说是黑衣僧，但自经过南洋时他们黑色的瘦袖宽摆的大衣也脱下了。意大利神父完全中装，白布的小衫裤，与白布大褂，白袜，青鞋，真是道地乡下人的打扮。他曾笑着对我说：“你看，你们穿西洋人的衣服，我是西洋人却穿中国衣服。”这是有趣的对照，我与他便只好“相视而笑”，说不出什么理由来。

我因为一到欧洲便须先踏上意大利的国土，所以偶有与这位神父谈话的机会，便问问意大利的名胜，风景，他总是说：

“体面得多啦！……体面！比中国好看的地方还体面！……”

后来我游过威尼市，罗马，艺术之城的拂劳伦司，我知道这位教士并不是徒自对外国人说谎话。建筑，雕刻的伟大与美丽，够得上“体面”二字的夸语。

他住在中国北方多年，一切的民间情形他知道的很多。他也很了解中国新青年对于宗教的态度，所以他与同等舱里的中国往欧洲去的青年与中年人都不接近。关于宗教的话更是一句不谈。我偶尔问起他在那边传教的情形，他只是约略答复。他完全明白与所谓新知识分子宣传教义是毫无希望的事。他的活动须到中国的乡村中去。他的生像完全是理想的教士型：绕腮胡，广颡，深目，冷淡的表情，沉默，一本《圣经》老是在他的肥大的右手之中。

从语气里露出他这次回去不十分情愿，因为他的上一层教会管辖者调他回国。或将另派他到别地方去。他略有点踌躇，他是高兴重回到易县，涞源各小地方，利用他的中国话使许多人皈依天主。除却这几句话之外，关于教会中的他事他不愿多谈。

常常是在餐厅中，甲板上遇到，日子多了，我与这位颇见高傲的神父便不能再说什么。

匈牙利人的模样确有一部分像蒙古人，黑黑的肤色，健壮的身体，棕黑色的眼珠，圆下颏，无论是他自己在散步与读书，时时有避人般的举动。虽是极为闷热的气候，上午或下午，在甲板下的稠人之中总找不到他。我有点好奇，便由上层到下层各处转，有时遇到他，大约他总找一个角落——人最少或者那一时没人去的地方，他坐在椅上看书，有人去或是人渐渐地多了，他准得离开。一路上他没曾脱过那件圆领的单青袍，没穿过短衣，可它没戴过一回帽子。每逢有月亮的晚上，银光涌漾，众星在空中分外明丽，那正是旅客们各自寻乐或眺望的良时，匈牙利人往往约着德国的小老头在上层甲板的船舷边，或是在船头的绳索中间低声密谈，而意大利神父向来少加入，也许是由于言语隔阂的关系？

不过我最不赞同的是这位匈牙利人的孤僻，甚至是隐秘似的态度。高傲，不愿与人说话，都是个人的自由，但是这位教士先生有时候确令人不很满意。一天午后，在往吸烟室的楼梯上口遇到他，他忽然很殷勤地招呼我往上层甲板去。问我一种算学上算帐用的英文简写，我说：“真对不起！我也不知道如何写法。船上有英国人，也有经营商业的别国人，你可去问他们。”

他不肯去，反而请我代他去找人问，我想这真是怪事，也许他与那几个人一句话未曾交谈？我以为这并不是难事，也不是可耻的请问，我与一位波兰商人认识，他许知道？其结果我竟然替他问了，完全告诉他，他方照例地满口称谢，但是以后见面又不多说话了。求人时的态度与平日的冷淡不是很好的对比？他与意大利人的大方不同，意大利人即使坐在稠人之中一样读《圣经》，吸雪茄烟，仰首看天，行所无事。而这匈牙利的教士却居心要躲开人群，居心不看指甲上染着蔻丹的女子们，居心逃避留声机的歌曲，这又何苦呢。

一副圆大的黑眼镜常常架在鼻梁上面，也许他患着深度的近视。恕我说句对不起的话，每看到他的黑眼镜与黑僧衣，使我奇异地联想到曾经看过的一张什么《科学怪人》影片中的僵尸复活。——但，这不是恶意的联想。

使我在他们三位中最感到深沉的还是德国的小老头。他静默，却没一点高傲，也不孤僻，更不是居心要保持着什么态度去隐蔽自己与对付别人。如果说是对于宗教的“道”有点相当修养与认识的话，这老人是很够格的，他勤于用功，每天学深一点的英文。他愿意多知道事理与学问，每逢教一小时的德语之后，便问我中国的情形，孔子的思想，以及宗教在中国历史上的影响与效果。他也把在高丽小县城中的经历告我。他脸上老是那么平静，不躁，不傲，也没有一点虚伪做作的表示。对于一切，他没有什么思虑也没有奢望。人生的精炼与幽暗地教会生活的陶冶，把他由少年引到老年，也把他变成一个典型的天主教徒。自然是“火候纯青”了，如唱旧戏的角色，熟练得日久了不需装扮，忸怩，也没有自己是戏剧中的一个角色的想法。宗教中人能到此地步已非易易了。记得圣陶兄所作的《法味》文中似乎与我有同一的见解。的确，一个人能以“干什么像什么”，这是一种起码的人生态度。世间的混乱多半由此起始，连“干什么像什么”都不能，那便是人人以假面具互相欺骗，互相播弄，于是世间遂没有认真的与可以认真的事情。

亥买耳先生用他的平静的眼光看这个世界，他没有愤激的表示，也没有虚浮的感慨。他更不觉得他在人群中有什么特殊使命。至于烦闷，不满，或对于将来怀抱着了不得的希望的事，我与他相处二十余日，我敢保证他是毫不在乎的。

每教我读德文，哪怕是两个字母的拼音，稍有不确，他必须命我再三地重读。无论如何热的天气，照例午茶后他准在舱中等我。有一天他向我要了几十页的白纸，说是自己带的用尽了，我问他："是写日记么？"

"不是，写点在高丽布教的详情，预备回去作报告。"

我送过他一包由上海冠生园买的早茶饼干，两支由哥仑布买的雪茄烟，他十分欢喜！实在，他或者不觉得，我确以为他在这船上过于寂寞了，除却在神父们的三人小团体中几乎没有人同他谈话。他对于往欧洲去的旅途，与到意大利后怎样往他的本国去，也一样是异常地生疏，有时与我讨论及此。

只有一本是匈牙利人的英法德意四国文合璧的小书，作为我习德文的课本。然而每天一早匈牙利人还得用它教这位小老头。于是我每天得抄录一遍。在船上确乎不是好好用功的所在，但先生教授的热心使我不能不提起精神习读。他有时讲到英德文的异同，颇感兴味，他认为英文拼音最为困难，虽然他看英文报纸并不费事，却不因此减少了他的学习的热心。

"我在高丽很安适，那地方的一切我都熟悉。高丽话自然能讲了，你记得——二十一年！那时我不过三十多岁呢。世间哪里不是有好人的地方，我曾没觉出这里啊那里啊有何分别。我只是走过香港，没工夫到中国看看。……"

"很希望你由德国再回东方时到中国走走，"我说。

"我也盼望，但不是容易的事。一定得再回高丽，用不到一个年头。我有在教会中的职务；限于时间，地方，到中国虽然很近，却不容易！"

我曾诚恳地大致说过教会在中国的情形，与一般人对于天主教的态度。他听了却也相信。他明白传布宗教的人不全是如理想中可靠的信徒，他更明白教会职业化的弊病。因为相谈的时间久了，他渐渐明了中国何以是非宗教国家的由来。对于佛教他似乎知道的不多,很高兴地找我解释给他听。可惜我也是门外汉,只能将粗枝大叶的我的佛教观告诉他,他觉得很有兴趣。对于德国的文学他赞同哥德的伟大作品——《浮士德》。至于谈及叔本华,或尼采的哲学,他有点茫然了。这两个哲学家的名字对他比较生疏,这并不奇怪,因为他不是研究思想的人,也无暇去读他们的著作。

三个人住的房间中在洗脸台的木架上有两支细长的白烛,不知从哪里来的?大约在每日定时的祈祷准得燃着。本来最初耶稣所创的宗教并没有什么神怪之论,与繁琐的迷信仪式。他不过是一个极穷的木工之子,富于人道的理想,借其充实的人格往来各地宣布教义,少有神秘的色彩。及至他在十字上殉难以后,他的门徒们却把他神化了。于是种种异说,种种奇迹,毫无根据地宣传出来。于是神庙,祭坛,祈祷,因果,关于近乎原始宗教的仪式都扮演起来。什么"耶稣不死,耶稣复活,"以流血为禳解,以舍身为殉教,种种提倡都有了。而最重要者则为祭坛。有此而琐琐的礼节,仪式,职分,都随之俱生。燃白烛以祈求光明,以烛光为火之表示,直到现在,凡是天主教堂行祷礼时无不燃此熊熊烛光。这是所谓僧侣,所谓神父们必须遵守的礼典。与佛教徒对于佛陀以香花献礼是相似的宗教仪式。

以为在二十世纪,两万吨通行欧亚的大邮船上居然有燃两支白烛作祈祷时的点缀品便觉得奇异么?其实在欧洲各大城市里,虽然看街面上与人家的设备全然是科学的功能,飞机在空中载客,无线电台传播着迅速的消息,大工厂中有种种征服物质缩短时间的机械,办公室中利用着隔了海洋便能谈心的话机,然而那些大礼拜堂中却仍然有披着法衣高声诵经的僧侣,与诚恳的听众。而若干支白烛在森严阴沉的祭坛上照出幽幽的亮光。人间自原始以来便是充满了矛盾的现象,到所谓科学昌明的现代仍复如此,不过是只有程度上的差别而已。

我每每见到这位德国的小老头,无论是在餐厅或吸烟室中与甲板上面,便想到他在数十年中把他的精神耗费于拉丁文的修习,《圣经》的记读，解释与讲说上，而与他常常为伴的却只是几支白烛的明光！人生，自然因为各个人的环境与命运——就说是命运吧——的造就，逼迫，走到各自认为没法逃避的某种生活的方式之中，一天一天地打熬着，便由习惯而成自然，由服从而认为是必要的规律。拘束于自己的狭小的笼中，自找慰安，自说真理，这正是人类的苦痛吧？然而这种种不同的苦痛的束缚有多少人能很容易解脱开？

然而，无论如何，这位纯实笃敬的德国神父，我每逢同他说话，总不期然而然地对他有点佩服！无关于宗教，更无关于什么理想，至少他是实在“干什么像什么”的人。行所无事地信实态度，与平静欢喜的人生观。他自有他自己的理解；虽然这理解不是一把锋利无比的宝刀，可以任凭你在何处用，用在什么东西什么时间上不会缺折，我与宗教的信仰隔离得太远，与一般讲神的信士们尤少关系，然而在这同等舱的旅客中间，他却是很引起我的兴味的一个。

一样是职业的宗教者，那意大利教士，我对他很泛泛。至于孤僻的匈牙利人则使我有情愿“远之”的感想。

一个热心的传道者，一个宗教的隐士，他难以了然于现代复杂的生活与毒狠的人心？因为他把他的一生沉没于教义之中，努力自制，行其所信，反而将当前的世界看得过于简单了。

然而他有一颗简单而忠实的心，这是我能够保证的。

同一的职业，却没有同一的性格与心情，同一的信仰也会有种种差别。

这不是人间的多面相么？

厨子的学校

你们以为这个题目太新奇吗？是的，我也觉得如此。我们知道在中国的女子学校里有烹饪一门功课，无非是照例的公事。做饭还要值得费精神去学吗？不必说男子是有诸多事情要干的，即是女子也认为这等学为“贤妻良母”的课程多无聊！况且人而学到做饭，洗菜，下厨房，仿佛是人生最没出息的事了。虽然古有易牙以调味知名，那不过是齐侯的弄臣，至今只有司务师傅们去祭拜他奉为祖师，在所谓士大夫们的口中借他的大名掉掉文而已。

然而伦敦却居然有厨子学校，而且布置得十分堂皇。它的校长还特为招待客人尝试学生们的割肉，调味的手段，不但不视为贱役，并且要学法文、学物理化学等等课程，好造成现代的西方式的易牙。

题目是我起的，其实他们这所学校总名为威司敏司德专门技术学院，内分艺术科，土木工学与构造工学科，瓦斯工学科，建筑科，(包含测量估价等)另一部分便是旅馆饭店的专科学校了。各部分暂时不能一一详述，单选这最别致而比较少见的一部，把他们的学科，实习的种种情形写在下面。

据其校长郎博士(Dr. Long)讲，在伦敦这样的学校还不多。为什么他们特为设此班次？并不是专为吃好菜，更不是为的好玩，他们的校长开始有这样的话：

"现在的疑问，一年比一年难于答复的是：我们怎样给我们的孩子们想法子。"竞争变为过度的尖锐化，在许多职业中可以达到成功者是要有手艺的最高级，并且得经过科学的训练。所以明达的父母们在为他们的孩子们决定一种事业以前，须加意想想在职业的一切道路上有可能性的。

为的易于谋利职业，又为使烹饪科学化，他们创办了这个学校。自然在这里没有什么人生观，什么主义，理想，什么争斗的理论。这所学院，其目的原为使各个学生俱受过某种专科的教育，出外容易谋生。学烹饪的技术也是为解决生计。

他们的教务长——一个卷腮胡，红脸孔，大肚子的先生——领着我们到课堂中去细看。这真是有趣味的功课，鲜嫩的番茄，豆荚，黄瓜，与诸种菜蔬如何切，如何叠，如何调味；生鱼一条条地在木板上，挑刺，去鳞；怎样做成种种吃法的小点心，卷皮，加油，包馅；甜食的花样更多；各种水果变成清汁；牛乳，糖，香料如何调制。分开部分，各自按时间去办。你们不要以为那是很容易的事，真讲究起来也颇费手。譬如中国菜不是分许多种类与许多地方的做法式样吗？

生火是分烧瓦斯与煤炭两部，许多穿白衣，戴白高帽的青年在熊熊的炉火旁边烧饭，若不是有人说明，想不到这是在一所学校里面。

当我们看到做甜食的一部，有个学生只是用手指将馅子动了一下，这位教务长立刻予以纠正。虽是小事，可见他们的认真。

每个学生每学期交学费二镑，一年三学期共六镑。这个数目，在国内等于大学生的一年的学费，然而比例起来在英国的中等学校中算是缴费很轻的了。至于正式大学生，一年的学费都是几十镑呢。

学生入学的年纪以十四五岁为标准，但稍大者亦可。其掌厨部的课目：烹饪实习十七点，烹饪理论四点，英文五点，算术三点，法文五点，物理实验两点，（皆每周的数目。）从礼拜一到礼拜五早九点至午五点半，除去午饭的一小时外，皆有功课。

第二部是饭店训练班，两年毕业。学生年龄的限制与掌厨班一样。功课是侍务实习十二点，食单理论五点，烹饪两点，英文与商业地理三点，会计两点，簿记两点，法文三点，西班牙与德文两点半，物理实验两点半，（每礼拜的数目。）上课时间与第一部同。

这学校中的两部分俱尽力用现代的设备，有冷藏室，肉类室，两个厨房与面类发酵室，食物室与用具储藏库，体操场与学生食堂，还有洗浴室，与分类的各库，有公共食堂，是预备全学院中的职教员，学生与外来人吃饭用的。第一年级的学生即以此为实习地。

除却正式学生之外，还有专为成年妇女们设的日班，授以烹饪的相当知识，可任家庭中的此项事务。另有旅馆掌厨班，全在下午两点到五点半，每学期收费一镑。学生卒业后持有学校证书易于谋到相宜的职业。

夜班是为成年男女补习烹饪而设的，每晚六点到八点。十二个礼拜作一学期。所授课程学生可随意选习，三学期卒业。

连正班学生合算在内，人校不须笔试，但须先经校长审查合格许可后方能人校。

有人看到此处，当然要说，这不是奴隶养成所吗？那么，我们也可开办黄包车夫训练班，倒垃圾的实习所了。这不明明是教导孩子去服侍人？讲什么人类平等与打破阶级观念！——是的，我起初也这样想；厨子不过做菜还可以说得过去，至于训练好好的小孩子怎样送盘，推杯，要酒，要菜，西方人之无聊，会享清福，资本势力下的花样实在够瞧。但又一想每个人在社会中若不能自己勤劳，一切织布，做鞋，哪样事不需别人帮忙？横竖无论什么样的人必须互助，在社会中方能站得住。自然，吃饭要人伺候与人类平等的观念似是说不过去，然而如果一天达不到人类的真正平等，社会上如何能够立时废除这种畸形的制度？

西洋对于这类职业并不认为都是贱役。自然，他们在社会上的地位不及官吏，大学教授，新闻记者，律师，医生，然而这在多难的人类社会中向哪里去找，去抢，去用许多金钱弄到那些好地位？他们认为出劳力与手艺谋生,是凭自己的天赋力量与技能找职业,并非是专门给阔人们寻开心,当奴隶。"作工",这个意义恰等于国内时髦名词叫做"工作",绝不是"小人者役于人"的解释。谈到这里,我有点附带说明,就当我与友人下了公共汽车往这所学院去的时候,路不熟,向街头的一位老工人问路。承他好意领导了我们一程。道中他对我们说:"现在是失业了,"很牢骚,同时他从衣袋中将工人救济会发给他的维持生活费的凭单给我们看,并且指着其中的印花说:每礼拜可持此支几个先令,不过他的希望并不在此。因为一天无工可作,收入是当然少了;这么闲着力气,支维持费,他更不高兴,这是如何不同的观念!如在国内怕不是如此吧?又类如理发匠,中国向来是认为不是高等的职业,然而在英伦——不止此处——却认为是比较好的职业。饭馆侍者就名义上事实上讲自然是替别人服务的,不过他们却不以为是没出息,奴隶的职业。现在还没有社会组织的根本改革,西方东方都一样还是有不平等的人类生活。如果说凡是这类的事情完全不要,我们要有我们的最高理想的社会制度,对呀,但那只是思想家或革命家去倡导去实行,如果一时办不到,而一般人还是得想法子吃饭,这就不能说为一般人谋一时的生计是绝对要不得的事。何况我们就事论事,他们——西方人眼光中的大司务与侍者并不与国内的达官,贵人,少爷们的看法相同。

不必过于跑野马了,社会制度是一个大问题,而生计困难也是现代没曾好好解决的大事,我绝不想去替守旧的英国人作辩护,更不希望中国也来创办这样的学校——我们需要的技术学校多呢,数上二十样也数不到这两种!

我只是说他们的实在情形而已。

再回到本题。

所有一切应用的材料全由校中供给,学生须自备衣服,与厨房中各人用的小器具。午饭三器,学生吃一顿只付铜板三枚,这在伦敦是不可能的贱值。如在外面,三个铜板只可买两个面包而已,物理实习他们以为是重要课目之一,学生须自备抽水筒,实习用的衣服。

学校中有游泳池与游戏场，平日专供学生用的，夏天游客去者亦可借用。

清洁与秩序都令人十分赞美。类如冷藏室，洗濯室，化验室，无不俱备。其物理实习室的外面玻璃橱中罗列着许多小瓶，内里分类盛着厨房用的材料；如胡椒，芥末，面类，香料等，以备学生辨识与化验，其教室（专指教理论课目的）也与各大学的教室一样，并不寒伧。

自然这等学校是资本主义国家的产物，然而中国倒还没有完全走上英国资本主义的阶级，而贵贱贫富的观念在社会中比英国的社会也许还厉害点。不见“大人”们的颐指气使，“小人”们的奴颜婢膝，“万般皆下品，唯有读书高，”“满朝朱紫贵，尽是读书人。”这些士大夫的观念至今还弥漫于一般人的心中。（英国贵贱的阶级观念自有其历史的政治的背景，不能说是资本主义的作祟。不过贫富悬殊，及于一般人的生计问题，这是从十九世纪以来日趋严重的实情）。

我们天天吵着要平等，要自由，这模糊难于解答的名词使人人憧憬，想望，而现社会的情况却一天天与之相反。就阶级观念一端而言，我敢确说中国社会比英国社会还重些。

看过这个学院的一部分之后，使我想到英国人处处科学化的精神，一方又想着这苦难的人类社会，失业易而谋业难，未来的改革究竟要走哪一条大道？

我没有这点希望，希望中国也摹仿人家办此等迂阔可笑（就中国说）的学校，然而要用物质建设救中国，却需要专门的技术人才。只有高深技术的理论家谈理析思是不成的；治水，造房，修路，制造种种物品，有科学的脑筋，熟练的手艺，方能措置裕如。中国人长于空想，短于实验，是的，我也是这样的人群中的一个。但无论如何，将来的中国变到哪一步，这等人才的需要却是事实。现代，机器与人生简直是分不开，无论你是如何不高兴它，事实摆在眼前，哪能容你不管。所以科学化，科学的精神与科学的设备，在学校中，尤为重要。——自然我们还不需要这样做饭的学校。

这所学校的制度如何另是一端，单讲其设备与办法，所谓科学化，实可当之无愧。做一种小点心要从材料上作化学的试验，用瓦斯炉须研究物理的功能，从小事做起，从细处用思，不怕麻烦，不以为不足道，正与中国人好大喜功，清谈阔步的态度相反。

这是参观过这所特别学校的一点感想，下一次我另有一个题目，是《工人与建筑师》。

工人与建筑师

到了北克来翰姆的汽车站，与东勃勒司顿火车站，这所学校很容易找到。看那个铁栅门并不堂皇伟大，里面可包括了将近一百个课堂与实习的厂子，占了好大的面积。

你如果不到课堂中去，那么你会觉得到了一所完全的大建筑工厂。石工，铁工，木工，塑造工，砖工，各种机械与各种材料，满屋满地堆积起来，机轮的飞转，电火的闪耀，无论是教师与学生，都穿工人的衣服，手指上沾有各样的色彩，脸上的汗时时下滴，而他们却兴高采烈地去做各人应做的工作。

这便是伦敦市政府创办了三十年的建筑学校，School of Building.

一个人的生活过于平板，便容易感到枯燥无味。学校是社会生活之一，在其中的全是青年人，如果只是刻板式的教导功课，即使教员怎样热心善诱，而学生除去记忆冥想外少有活动的余地，他们活泼的精力绝不是几本书本可以范围得住的，这样易生出种种弊端，而同时也减少了他们工作的效率。常见我们的中学生不是被功课累得头痛，眼昏，便是终日如跑野马似的“张脉偾兴，”把应学习的知识丢在一边，自去寻青年兴趣的满足。“过犹不及”是中国一切事最普遍的情形，在学校中尤甚。

这所伦敦市立的建筑学校不必论其设备与课程之完善，即就工作与知识打成一片这一点上看，已可使人赞美。

建筑学校在一九〇四年间开办。现在已成为规模很大的专门学校了。内分初中班，高中班，与夜班的构造工程学班，钢筋混凝土班。现有学生二千余人。其学校基本组织有董事会，有顾问会，（专为学校考试而设。）市政府的教育委员会的正副主席俱为该校董事。校长之下有营造科的教务长，建筑学校的教务长，木作工艺科的教务长。其教员则分属以下各部：营造部与测量部；营造技术部；卫生科学与工程学部；构造工程学与钢筋混凝土部；建筑学与艺术部。

他们分类很详，譬如营造与建筑学，技术与艺术，都有各别的意义与其目的。

该校创办之目的在训练青年人，使有建筑师，测量师，构造工程师，钢筋混凝土工程师，与卫生工程师之资格。对于成人则授以各种工程大意，使易于就营造实业的各种职业。

初中部招收十三至十四岁的学童，限制颇严，如过此年龄请求入校，须经校长特为许可。第一年并不分科，其课程为英文——语法，文学，作文——实业与社会史，经济地理，算术与营造推算，几何，科学，（实验机器，物理化学，与营造材料技术的特别参考，）营造的结构，（与工厂实习，）建筑学与营造史。

初中第二三年除去继续学习一年级原有功课外，却分为两个主要部分：

（一）技术课程，分为砖匠，木匠，石匠，画工与装饰工，塑工，铅匠，与切木机工的各种规定。

（二）预备愿到建筑师，营造师，构造工程师，测量师等的事务所中去作事的普通训练的课程。

学生打算将来愿就哪种事，须先自决定。学技术课程须多费时间往选定的技术工厂中实习，学普通课程的学生须在各种职业中受相当训练，建筑学的绘画与地面测量亦包括在内。

上课时间，每天上午九点半到十二点半，下午两点到五点。

住伦敦市的学生一学期付学费一镑半，一年四镑半。

对学生无故缺课限制甚严，一天以外的缺课，第二天即予以警告。

高中部则课程较深，更专门化，预备学生由此出身可有建筑师，测量师等等的资格。因为近代建筑日有进步，有种种新材料的利用，如果青年人要从这种学科里求得职业，非有完全的研究与实地经验不为功，所以他们的高中学生要学习普通营造学的专科，与实习营造工厂的行政法，营造技术的原理与实习。诸种课目有相当的研究后，方有作建筑师测量师的可能。

学生年龄以满十六岁，有相当的第一级学校试验标准者方可。

学生在这三年中很不容易度过，说是高中，比起我们的专门土木工程学校，程度上也许高出。

高中三年的基本课程如下表。

第一年

会计与簿记。建筑学的绘画。（包括自由画与装饰画。）建筑与营造史。营造结构学。营造科学（物理与化学。）营造科学（机器。）营造几何学。地面测量（应用算术与野外工作。）算术。工厂授业。

第二年　本年各种课程学生可依其选择职业之标准选修。

会记与簿记（营造师用的。）建筑学的绘画与图案（建筑师用的。）建筑学史。营造结构学。营造科学。（材料。）营造科学（机器。）营造几何学。地面测量。算术。透视学。结构图案的原理。定量测量。钢筋混凝土。结构图案与精细绘图。工厂授业。

第三年　学生由下列课程选修。

建筑画与精细图（建筑师用。）营造师的估价（费用与分析）。营造结构学。营造的准备组织与管理。营造规则。营造科学（算术。）营造科学（机器。）营造几何学。增气法与换气法。算术。透视学。定量测量（详密计算与估价。）钢筋混凝土（图案与结构。）卫生工程学。结构图案与精细绘图(钢骨,)工厂授业。

上课时间与初中部同。

学费是全年十五镑,每学期五镑。

每个学生于早上上课十分钟以前必须到校,准备这一天工作的各种事。因为在这所学校中不止是拿一本书入课堂便算完事。

以上将初高中的课程叙述得较为详细,因这里全是知识的训练,故学科要一一列出,方能使我们知道他们怎样养成建筑上的实用人才。

我随着他们的一位主任先到两部的课堂去看,每位教师都很乐意地将学生的成绩拿出来。但可惜我这门外汉对于营造图画与机械绘图一点不懂,看见人家的精密比例的线条,填色,投影等等制作品,只有瞠目而已。不但是结构上的绘画,其更精密的部分将什么式的屋子的内形,完全画出,如墙壁的色彩,布置的条理,窗子是什么样,穹门是什么样,十分精细。如中国的青绿山水画似的使人一目了然。有几个课堂全在学几何,算术,可见他们对于建筑的基本科学的重视。

各个小工厂很多,有修铅管的,修铁器的,锯木的,一概利用机器。大块木头,很粗糙的平面,放在磨光的机器中一分钟便旋成光滑。接铅管则利用电力,学生着围裙,带皮手套,在铅管上细看电火的烧度。他们一面劳力,一面用心,汗珠满脸,却不感疲乏。最有趣的是塑形工厂,将近代建筑的种种装饰品,如柱头,窗上,墙角等的石灰石膏质的有各种花样的模型都分类用模子造出,加以修正。许多立体建筑的小型,如高而直的窗子,圆的墙壁,如玩具似的排列在大木案上。教师是满手泥污,与学生共同工作。还有专作练习叠砖的房子,全是初中一年级的学生,如同泥瓦匠一样,拿了斫刀,涂上泥灰,将砖头一一叠成若干式样。石工的一部则将石头用化学的方法变上各种明丽的色彩,这并非是容易的事。

校中有几个木棚,天花板,石壁,与许多木器,全由学生造成。

学生不是用手工作,便是用脑思索,没有时间白消费。而且有各别兴趣引诱着,也自然闲不住。

总之,这里的体力与心力的劳动合一,工人与建筑师也看不出一点分别。

除工厂与课堂外有图书馆，化验室，休息室等，应有尽有。一切材料全由校中供给。学生在高中时各依其兴趣择课修习，除学费外一概不另交费。

没有过二十岁的青年，然而他们比起我们来是已经尝试到实在科学的兴趣，与获得有用的知识。他们能熟练地转运各种机器，他们能分析建筑上的各种材料的性质，他们有适用的数理的练习，与理化的实验——他们能了解物质与人生的重要关系，他们的脑与手能为人类造出安适的居室，而合乎科学的精神与卫生的方法。

我们谈文化，谈科学的方法，却只能“袖手旁观”，岂不惭愧！

我们的青年读死书，记些历史上的陈旧事，以及什么什么的人生，主义，脑子中装满了名词，却少有人作科学上的实地工作，比较起来；我们不还是在那老圈子中实行科举式的教育，与新八股的课程？

附 录

独 木 舟

独木舟两头跷尖，冲破浪花漩。
伸一只黑手向毒热的天——天光在船边打转，
投两颗锐利的眼，向暗涡射穿，
他的心高悬在银光的一线。
独木舟；沸热的汤，巧妙的双手，
自由的生活抛到身后？
等待着白人，黄人，多少游人嬉逗，
他的心高悬在银光的飞溜。

他愿在森林，湖沼过陈旧的日子，
不一样到处都是压气的呼吸。
猎夫的足迹踏遍了城市蛮方，
刀火下容不得他们随意溜荡。

“做一个码头上的自由奴——可算过分？
谁教有黑色的光皮，怨天生愚蠢！”
不见阿拉伯的佣工，印度苦力，

还羡慕这些投水人的安适。
绿羽丹嘴鸟闲逗着歌声，金色斜阳返照，
大海里翻滚起惊涛，环绕着点点孤岛。
“自然美”只供给诗人的话料，
还有——投水舟子的本领轻妙。

轻妙，一个红腮上的笑涡能丢下一份恩惠，
旁立的男人从口袋中学会爱媚。
浅圆笑涡还没得从水面收起，
黑炭身体可又来一次潒浴。

旅　梦

谁能从长行中的旅梦脱逃？
睁开眼睛看这虚伪的丑恶，
纷乱，火灼的生之路上，逍遥？
你能吗？你尽可找密密的脸巾遮住——
那现实的锐目不容情地在周围冷笑。
疲倦，烦嚣，血泊里的乞求，泪，烈酒，
面包，柔唇上的血滴，勃朗宁，绳绞：
毛发在谷底直竖，听惨夜的枭鸟。
口噤吗？你的血冷压在血管里，你，
巴不得那个角落里有一声“叫晓”。

荒野里，阴风吹动僵死的舞蹈，
磷火团成青花，失了影的昏月
遮蔽着幽灵在丛莽里尖叫。
城市：淫猥，倾轧，大街上洒遍毒汁；
只要你忍心踏上一步，准你喜跃；
准你遗忘了挣扎时生之苦恼！

滴一杯人血你可痛饮无忧，
一朵恶花准在你胸前发笑；
莫管天上有千万支冷箭穿过冰雹，
这里曾不信会有暴风雨的警告。

旅梦不是一泓浊水中开的“空花”；
恶菌深藏在水底下，培养着清白
的萌芽。一天，浊水变做层叠的波纹，
梦中花，新染上一层水面的绮霞。
虽有无穷梦像永远把人间颠倒，
梦里青花它也欢喜永久的晴明。
当心，烦厌会咬住行脚人的心窍，
叫晓时失掉了你的旅梦的新生！

1934 年 2 月

他也有自己的国土

三月的晴光轻笼住印度洋的风暴，
浸碧地晃漾明涛向游人逗一层媚笑。
孟买湾外从水上升起一线朝阳，
是啊，掠过媚笑脸庞闪露出古国的光耀。

那么无力地波浪吞吐着海畔尖石，
战争，苦斗，血迹，石岸上疲倦了的世纪；
就是一撮柔沙也疲倦得风吹不起，
自由的荣光，留与天空中飞鸥的叹息。

菩提树仍然茂生着它的柔枝；
菩提树下稳卧着赤铜色裸露的肢体；
菩提树前不少伸手乞讨的孩子；
还有，那些哲人尸骨深埋在菩提树底？
“四条大水各方流汇冲入圣河的恒河。
为普度众生在宏大的教化下没有偏颇。
丰盛，忧伤，贪，瞋，都是自己的毁灭。

借重悲与慧双重的力能，人间导修正果”。

他们——往古的哲人在圣树下解脱，
历史翻腾把血痕洒遍了圣树的枝叶。
如今有疲劳饥饿的男，妇，儿童，
在树前忍受着他人的毁灭！

古城中有诡丽，层叠的“窣堵波，”
相映着胜利者的崇楼，杰阁。
欧风寺壁空涂上新光油漆，
是虚伪与奇怪的“东西调和”。

黄的，紫的，淡绿色的披巾——大道上飘拂；
大道旁呻吟着裸奴病体。
忽吹来一阵尖锐的警笛……
缠巾大汉控马在热道上驰逐。

希求地数说着引诱的言词，
布袋里，饥饿毒蛇吐出舌上双歧。
弄一套流浪人的魔术——
游客啊，你应分知道，在这里是古天竺的圣地？
圣地，向来是血泊的汇流处：
白匈奴的掠夺，撒克司的侵入，
最后是日出入国的商息，大舰与军笛。
圣地的土块上深浸着洗不净的血污。

虽然是从苦行中战退了种种魔军；
虽然有大勇猛的心愿把苦根截断；

虽然要从正觉里解脱了“四谛”业因，
可奈那历史的轮回，幻梦碾碎成尘。
圣地——在这里有香花珠宝的欢喜与安乐，
圣地——这里曾有古昔的乞祷，辩理，与信服的奥秘，
哲人们看透了饿鬼，畜生与永苦的地狱，
他们把人间当做一个烦恼污秽的结体。

磨火铁轮冷冷地压碎了往古的想象，
名论，修行，希望，都消灭在耻辱的身旁。
高原人的战鼓反激出世纪回响，
恒河中也载过多少死尸漂荡。

真啊，无量劫淘不尽他们的“教门”空想：
朝旭初升，石岸上还跪伏，祈禳，
古寺里明燃着不息的油灯，
那灯火象征着冥冥夜一线微光。

西来巨艑夺去了这些褐色人民的收获，
辛勤，叱辱，苦痛——机械与铁手的拿攫。
抽割尽城市与乡野的血肉，
还你们一个伟大古老的空壳！

磨快了你们的刀锋，轻搁在你们的脖项，
别再提过去，言诠的荣华——一切“法藏”。
颠倒众生有铁与血的权威——
风雨早打灭了圣地的灵光。

怜悯与同情许结成果实在千百年后？

不贪，不瞋，还不是现代人所有的感受。
谁能把形体的苦难全打点做精神解脱，
不见——那些皮鞭下的饿奴，瞪目，低首。

看机轮飞驰过肥沃的原野，
电光在古日的山谷中闪烁。
烟囱矗立替代了华丽的浮屠，
起重机的喧音与钟声答和。

现代的花要结成现实的巨果，
它的养料，还是清静默思，悠闲与淡泊？
热风催长着艳色多刺的玫瑰，
哪里能找到"常乐我净"的莲花朵朵？

祝福吧——向那儿再找回龙象般的伟力；
狮子的吼声，光明普照——恶业的驱除？
否——高空中盘旋着待吃人肉的饥鸟，
眼瞧着祭台上有尸体暴露。

可是，那么无力地波浪吞吐着海畔尖石，
自由的荣光——疲倦了的世纪？
空引起一个远方游客吊古的热情，
向东方……回首凄凉，"他也有自己的国土。"

1934 年 2 月

水　城

——纪威尼市之游

南国春阳耀退了清寒料峭——在清晨，
笼一层淡霭凝结成一个幻梦的缥缈。
圆瓮形，方塔形，尖针形——水面房顶
有意装点着外面的庄严与和平默笑。

划一道软痕，绿波缓拥上古老的墙根——圆，小；
荡一片青苔，黝黑基石在圆波中轻轻耸跳。
刚都拉[①]长颈前伸着，是柔泛地飘逸，
一声豪唱，舟子喉咙惊起了楼头棲鸟。

“啊！啊！我们的海程完了；我们的海程完了。
啊！啊！幻象中的水城终到；幻象中的水城终到。”
转出码头往夹波的陋巷轻摇，往陋巷的水上轻飘。

① 刚都拉乃威尼市的小艇，来源甚古。

"听呀，拍拍响声，背后有人点着长篙。——长篙。

"哪里来都市的嘈音，或是他们不惯起早？
哪里有汽油的焦味与看得见车马的奔跃？①
哪里是高囱口喷发出烧化的浓雾？
只有临水窗上的晨歌，只有桥头的人影俯照。

"太阳不会变了面目，这金光在水底分外明耀。
人间不曾把现代倒转，是真的还有这古老情调？
朋友，你喜欢么？我们是从东方古国来的游人，
今天又怎么喝了陈酒，投入这古诗意的怀抱？"

繁星似的黑点，晴光中上下来回。
绛红石方柱矗立——华表像巨人武威。
方场上跃动着古老精灵，他们的迷劲：
雕镂的耗费，色彩的醉，线与形的交挥，
揭露出沉迷地秘密，洒多少敬祟血泪。
一只鸽子仿佛是标价的灵魂——喂养，爱惠。
一线运河上的阳光也似向人间涤罪。
"来瞧；这大教堂②的合体闪闪地耀晃金晖，
那块小石，那条色线不炫弄着圣马克的灵辉？
还有那五圆顶下有多少东方的奇珍点缀。
是留念那些长征的英雄，保护十字军徽？③"
刀剑与信仰，这教条熔铸成世界的兴废。
艺术——是艺术雄伟，血痕涂上美的颜色。

---

① 威尼市全城皆水道，无一汽车。
② 威尼市人呼圣马克礼拜堂之名。
③ 威尼市加入十字军东征，以其海军的助力打败土耳其人。

还有雕像在古爵府的门口，不能永保沉默，
画廊底埋藏着当年不幸的冤鬼。
圣马克独立天堂可允许他们忏悔？
红法衣，白烛光，僧侣的朝夕诵美，
地下血狱[①]，圣徒的居邻！可容易导进天国？
古老，奢靡，残暴，雄奇，是名所的一串浮标，
诡怪的偶像永远被暴君涂上彩绘。

河上的夜睛轻闭，凭清波埋葬了流光，
圣母堂前，石栏边低低地有一声幽唱。
是古艺人的灵魂感到春夜凄凉？
还是水城少女有约趁夜色未央？
星星从暗空的高柱上对飞狮低吻，[②]
广场边，电灯颤映着狮身威扬。
玲珑，雄秀，如梦楼台都一例穿了玄裳。
一只，两只——游艇轻掠过睡河中央。
古典夜风吹送着老诗人古日的叹息，
它漾在稳稳地波心失去了青春气力。
说："威尼市是'无限好的夕阳'；
更像是黄昏从沉静的幽丽。
水一样的平，古物似的斑驳，
这里没有哭，没有呻吟，恚怒。
淡笼在心头是沉吟地温煦：
一杯黑咖啡；一溜艳黑明眸；
一双在色彩里洗过的枯手，
一船载满了你与我的遥思！

---

① 著名的公爵府中有当年公爵的监狱，往游时导游者述说颇详。
② 圣马克前的小方场上一对圆柱，有一个上面雕刻着飞狮。

穿行在弯环的水街，
街灯早蒙掩着雾埃。
水底星眼迷瞪着倦意，
不再凝望艺术的灵骸。
我们谁没有吊古的情怀？
谁不曾引起人生的长哀？
近东，地中海喂哺的名城，
当年，战船远征去的站台。
有绿波；柔情，雄歌，与妙手，
够多少诗人梦里徘徊。
百零八小岛上剩下古艺的精灵，
软流中他们都向那些暗影伏拜。
看，钟塔上毛尔族巨人铁躯永在，①
亚当与夏娃是人间终古的调谐，②
你们真在忏悔原始的罪恶？
你们铁打筋骨也感到疲坏？
可是——血与肉在艺术花架下，
曾经丰养着文化胚胎，也许
古文化有时得停止动态。
而今把生发搏跃让予了，
另一世界？”

飘一阵细雨滴入我苍凉的心胸，
茫茫雾，织绡般拖住水上的梦城。
回棹云，穿过古宫堂的夜影，
金尖顶上仿佛闪过了一颗寒星。

---

① 钟塔建于1496年，最上层有铸成的两个毛尔族的巨人用锤敲钟。

② 公爵府的廊上有亚当与夏娃的铜像分立左右，形态生动，乃勒曹(A. Rizzo)的杰作。

过去的荣华到底还留下一声叹息，
夜风叫，高高建筑还有他们的傲视。
我们不能轻蔑这古国的雄姿，
她的脉搏在大运河上时时迸力。

奔马，飞狮，一样是威尼市的表征，
她所有的不止是水梦中的柔情。
歌与笑，沉静与狂暴，还有艺术飞跃，
他们还能自由呼吸着浪浪的海风。

回棹去，向东方遥望从来的故国。
这里，夜星在清波下映着眼光沉睡。
全世界快烧起火灾，火里狂醉，
照影清波愧对这古城的静美。

街心的舞蹈

一

回旋：疾风的翻转，轻云的流连。
花裙下兜不起一撮尘土，
流浪生命再来一回旋律。
生命的旋律掺合着平原，密林中的
荒凉，勇武，那边，
落日被大河吞没，帐幕上抖直青烟。

二

这里：道中腾涨着沥青油污，汽轮压窒了气息
在挣扎中谁曾记起故国的荣华？
暗夜，星光反映着火把，一团青花。
小山上掉梦的牧羊人吹起铜笳——

是中世纪的回音？
是古战士的叱咤？
当前，只见蛇行的街车冲过濛濛雾雨。

三

献与自然，喜悦在舞蹈里倾泻，
清晰的梦影：那火光，山林，原野。
现在学步在昏黄的十字街头，
一个便士，从人人脸上赢出笑噶！

四

生活永远是一个风暴中的浮沤，
谁能在升沉中拴得住时间的铁手？
朋友，你不要信命运能粘住你的身世，
铁手却不曾掏空了你的气力。

五

你要问问古国的山岭与峡谷；
你要问问大野星光，芦苇，叫响的树。

没曾在旷放里把记忆丢失——
天涯去，永远有流浪时的欢喜。

六

吉卜西，流浪群，旋风似的身姿，
一根花羽，一把短剑，挥摇着过去的诗意。
来，再加一套泼剌有力的转舞。你想：
(抖一身艺人的骄傲，会看轻冷眼下的颤栗)？

1934 年 11 月

雪莱墓上

东风吹逗着柔草的红心，
西风咽没了夜惊的尖唱。
春与秋催送多少时光，
他忘不了清波与银辉的荡漾。
墙外，金字塔尖顶搭住斜阳。[1]
墙里，长春藤蔓枝静静地生长。
一片飞花懒吻着轻蝶的垂翅，
花粉，蘸几点青痕霉化在基石苔上。

安排一个热情诗人的幻境：远寺钟声；
小窗下少女织梦；绿芜上玫瑰娇红；
野外杉松低吹着凄情的笙簧；
黄昏后，筛落的月影曳动轻轻。

---

① 距雪莱埋骨的坟园不远，有一砖砌的金字塔式的建筑物，乃纪元前罗马将军赛养司提亚司(Cestius)的大坟。

“心中心，”[①]安眠后当不曾感到落寞。
一位叛逆的少年他早等待在那个角落。[②]
左右有老朋友永久的居室，
在生命里，那个心与诗人的合成一颗。[③]
“对于他没曾有一点点的损伤，
忍受着大海的变化，从此更丰饶，奇异。”[④]
墓石上永留的诗句耐人寻思，
墓石下的幽魂也应分有一声合意的叹息？

诗的热情燃烧着人间一切。
教义的铁箍，自由的索链，
欲的假面，黑暗中的魔法，
是少年都应分在健步下的踏践。
他们听见了你的名字，（自由）的光荣地欢乐。
正在清晨新生的明辉上
超出了地面的群山，
从一个个的峰尖跳过。[⑤]

“不为将来恐怖，也不为过去悲苦，”
是笑着有“当前”的挣扎。
拿得住时间中变化的光华，
趁气力撒一把金彩地飞雨。

---

① 雪莱墓石上第一行字的刻字。

② 英诗人克次亦埋于此坟园中，他比雪莱早死一年。

③ 雪莱墓左侧是雪莱友人楚劳耐(E. J. Trelawny)的墓，他，在 1881 年死于英国。他的墓石上刻着——不要让他们的骨头分开，因为在生命中他们的两颗心合而为一。

④ 雪莱墓上刻着莎士比亚戏剧《风暴》中的成语。

⑤ 略取雪莱诗的语意。

美丽，庄严，强力，这里有活跃的人生！
一串明珠找不出缺陷，污点，
在窟洞里也能照穿黑暗，
人生！——逃出窟洞，才可见一天晴明。

爱与智慧，双双蹑逐着诗人的身影，
挣脱了生活枷锁；热望着过去光荣。
是思想争斗的前锋，曾不回头
把被热血洗过的标枪投在沙中。

“水在飞流，冰雹掷击，
电光闪耀，雪浪跳舞——
离开吧！
旋风怒吼，雷声虢虢，
森林摇动，寺钟响起——
离开前来吧！[①]

“去吧；离开了你，我的祖国。
那里，到处是吃人者奏着凯歌，
我们一时撕不开伪善的网罗，
过海去，任凭着生命的漂泊。

“南方——碧滟滟远通的海波曾经
因战斗血染过的山，河。古城里
阳光温丽——阳光下开放着
争自由的芬芳花萼。”
生命，他明白那终是一片凋落的秋叶，

① 略取雪莱诗的语意。

可要在秋风舞蹈里，炫耀着
春之鲜丽，夏之绿缛——不灭的光洁；
才能写出生命永恒的诗节。

司排资亚的水面，一夜间
被悲剧的尾声掉换了颜色。①
漩浪依然为自由前进，
碧花泡沫激起了一个美发诗身。

去吧！
生命旋律与雄壮的海乐合拍。
去吧！
是哪里晨钟还引着自由的灵魂？
抱一颗沸腾心，还让它埋在故国，
大海，明月，永伴着那一点沸腾的光辉。

我默立在卧碑前一阵怅惘！
看四方一攒树顶拖上一卷苍茫。

没带来一首挽歌，一束花朵，
争自由的精神，永耀着——金色里一团霞光。
墙外，金字塔尖顶搭住斜阳，
墙里，长春藤静静地生长。
守坟园的少女，草径上嘤嘤低唱，
"这是一个没心诗人化骨的荒场。"

1934 年

① 雪莱于1822年溺死于司排资亚(Sepzia)。

九 月 风

——波兰原野的黎明中

九月风，吹醒旅客的热梦，
早窗外还没有扑起大野飞沙。
凄清小驿——
灯三两点，映耀着黎明的光华。
大教堂尖顶在淡影里露影，
一下晨钟——
沉响悠扬随和着铁轮铿镗。
飘一根孤篷划破鱼肚色的空间，
向晨星旋转去可找到陌上秋家？
太飘零么？——
大道旁沉默不动有孤傲的白桦。
是远，是近，一带长林卷起一层淡雾
雾中人影——
亮光在刀尖晃动，向上去迎着朝霞。

这古国不是重生了么？
大战前是刀锋下的食瓜。
分割，生活的锁枷，逃亡与憎恨。
他们不曾辜负了“江山如画”。

这古国不是重生了么？
历史上涂销了三分的旧话。
血与泪浇遍了田野，森林，到处生发。
他们在黑海上早找到复明的灯塔。

这古国不是重生了么？
诗人不再在流浪中回念故里桑麻；
更不须提防着巡行的铁蹄蹴踏，
他们手捧起“自由的波浪”散作飞花。
这古国不是重生了么？
北方的鹰敛翼在高峰上筑坚巢，
南方巨蛇还没把饿肠充饱。
这时候她可在苏醒中把黎明掣到。

黄铜号角才叫起悲壮的长音，
天明了，号音飞穿过秋郊，杨林。
露点沾湿了牛乳女郎的花巾，
枪尖旁弯下一个刚健柔和的腰身。
是啊，这是铁轨旁严重边关，
枪尖上都指明国族的猜嫌。
有一天血的浪头再次翻起，
牛乳女郎的脚下堆骨如山。
是兴亡曾没丢开那一套的连环，

解得开这永久的环扣才是人间！
是人间，谁不盼望和平与繁荣？
欧罗巴大野可早已撒满了未来的硝烟。

空空感叹，到处飞流着刀尖火弹，
牢拴住环扣白耽误哲理幽玄。
当前，当前，西风把朝霞吹成一片，
……看当前——哪里是含笑的江山？
九月风，早已翻起了大海飞澜；
九月风，透过旅车的明窗
在北欧边塞上打透我们的衣单，
九月风，你吹动每个游人的
灵魂惊颤。记得啊——
这里是再生的波兰。

1934 年

船行南海中见海燕

呢喃娇啭双飞燕，
浩荡能驯万里波。
故国芳郊初剪影，
客程远棹乍闻歌。
天涯传语能无感，
海外倾情奈尔何！
欲把游踪凭问讯，
小园春色日添多。

三月十九夜

繁星玄海荡空明，
一线沧溟纪旅程。
海外风云萦客梦，
域中烽镝苦苍生。
低吟恐搅蛟龙睡，
微感能无儿女情，
独立船头思渺渺，
夜深唯见乱云横。

自哥伦布寄

作作流星蘸碧罗，
海天冥感意如何。
清辉万里人同照，
色界三千意不波，
游子此夕思缥缈，
飞鸟何处绕枝柯？
把杯对影酬明月，
借尔清光伴啸歌。

船行印度洋望月

天南浪迹易思家，
览物从知感岁华。
大海圆涵明月影，
春风初发故园花。
饮冰难漱中肠热，
行远空怀吾愿赊。
欲把离愁付迢递，
彩云飞处即天涯。

经锡兰岛航行三日至孟买城

炎飚日狂吹，
浩渺天海阔。
弥望尽碧波，
骄阳耀灼灼。
舟行环坤舆，
巨浸得一角。
凉燠变气候，
南洲炎蒸结。
草木硕且蕃，
密林奄绿叶；
夭夭绮红花，
灿丽眼生缬；
殖生鸟兽群，
狮虎与蛇鳄。
到处可怜虫，
面黧复体裸，
各自全其生，

一例为奴孽。
彩巾蔽头颅，
片布缠丝络，
和答鸩以舌音，
妇孺恣笑乐。
不见有主人，
崇楼施丹雘，
颐指千万夫，
威权炙手热？
昔年盛荆榛，
土民诚浑噩，
开国自何年，
广衢陈百货；
峨峨巨艑来，
疆土随开扩，
增富有多方，
驭众持橐籥。
咻尔卑贱民，
从兹欣有托！
稗史“下西洋，”
前代事如昨。
煌煌锡兰岛，
佛迹今落寞；
龙象泣何从，
空山无留偈，
瞻拜古丛林，
荒秽神明亵。
披衫沥血僧，

但知索钱帛，
法像徒庄严，
世法历圆缺，
比量如露电，
留此香火劫！
城中飚轮驰，
广厦竞烟博，
主人饮醇醴，
遗尔以糟粕。
怅念古文明，
微光无余曝，
孰谓思往情，
茫昧如可诘！
但见诸少年，
日学鹦鹉舌，
骄纵空尔为，
健悦忘束缚。
行往古印度，
云是狮子国：
玄思极天人，
造艺何精彻，
千万白佛言，
智慧能解脱。
我行巨室中，
仰礼诸象觉，
臣武何赫赫，
农工守其业，
泐文备图史，

前民有功烈。
今唯睹疲氓，
园林逗鸟雀，
苦工遍海陬，
劳劳无休歇，
箪食与陋居，
强自忍龌龊，
日日肆纷呶，
所求乃微薄。
坐失昔良图，
族类自相斫！
佛乘已东航，
言文亦卑弱，
河山信美佳，
举手他人属。
半日古方游，
所历多奇愕，
航行来圣地，
惭愧见肤廓。
好鸟歌友声，
巨竹抽新箨，
沙上烧扊扅，
楼头耀珠箔。
徒令游子悲，
遐思将焉著？
别矣孟买城，
云天积炎暍。
大海日扬波，

或亦有时涸；
木落水澄期，
祝尔返营魄。

1934 年 3 月 28 日

舟行红海中纪感

沸水载舟凌燠域，
时见飞波互腾掷，
航程已迈印度洋，
机轮镗鞳更西适。
六日火流红海红，（由孟买开行六昼夜不停。）
巨浪翻白日光熠。（红海中日光极强，炫目生花。）
急行昼夜无底滞，
鱼鸥潜藏蛟龙泣。
大海浩渺复何有，
偶见荒岛蒙沙碛；
金石炎蒸草木焦，
天造此土感跼蹐。
亦有蛮貊生食斯，
猛禽大兽供宰炙。
百伦异趣孰维纲？
温宵月皎星生芒，
舟中男妇恣欢荡，

花冠绮裾纷飘扬，
抱躯环走效狐步，（某夕，开化妆舞会夜深方散。）
美酒狂歌夜未央。
水程尚复求致乐，
盘禧已忘风霆撞。
文野未必天生异，
以强凌弱“励”侮亡！

航海自过巨灵峡，（欧洲古代无罗盘针故航海不能去岸过远，直布罗陀（Gibraltar）乃地中海出大西洋之门户，大秦人名之曰巨灵之峡，凡海舟无敢逾此地者。）

简兵搜逋偏遐荒，
蚩蚩贱氓谁怜汝，
屠刲縶辱等犬羊。
唯操戈矛成大盗，
力能负箧无余藏；
取疾用舒有妙手，
尚将文物夸明昌。
无平不陂复不往，
以今倒古毋乃诳？
蒸民“孽种”语深恸，
难从生事判殃祥；
以种相禅强者强，
犹人毋竟天毋相？
但期翕群御侮伐，
勿为刍狗徒张皇。
念我独游意索寞，
敢言怀宝竟迷邦。
中原俶扰警寇盗，

纵横兵马日抢攘；
蛰居忽作奋飞想，
蹶起挟策适远方。
所蕲览学有微得，
覃讨文物析微茫。
对此忽复动胸臆，
感怀世业意凄伤！
倚舷瞩空云河荡，
光摇海野翳苍苍。

1934 年

自日内瓦寄

异乡晓梦觉啼莺，
绿树春荫绕水城。
云里雪峰呈幻彩，
湖边垂柳系离情。
中原烽火惊传讯，
湖上坛坫负旧盟。
独对清波羞照影，
空怀飞动负平生。

4 月 27 日

日内瓦湖畔公园

碧草繁英缀地平，
密阴罨画淡烟横。
拖蓝水色飞双桨，（湖上划船者甚多，）
断白峰云罩一城。（立桥上可见著名之白峰，）
微觉寒轻催雨意，
已知春去涩啼莺。
闲行无复羁栖感。
如此湖山误客程。

丽芒湖畔寄仲舒

一

王粲春来更远游，（用成句。）
风花异国感难瘳。
丽芒湖畔潇潇雨，
一夜春寒动旅愁。

二

春光难系客行舟，
到处垂杨踠地柔。
手抚青条愁日暮，
风烟何处是齐州。

自罗马寄

雨丝风片送征途，
幽丽山川重感予！
故国清明已过了，
路旁桃李笑人无？（沿道花开，山陵起伏，如行江南道中。）

飘零异国念清虚，
荡桨春尔笑语殊。
今日飚轮风雨里，
水都才过又花都。（水都指威尼司，花都指翡冷翠。）

四月十六日夜中不寐

忽来古国度春宵，
客舍尘清乱感饶。
历劫楼台寻旧迹，
一灯梦寐激心潮。
碧城消息云中隔，
黄海风涛纸上骄。
听罢街头良夜曲，
方知万里旅途遥。

雪莱墓上

秃垣环绕露松梢，
曲径幽通长碧蒿。
永妥诗魂眠佳地，
时来游子奠香醪。
夜莺仍唱西风曲，
大梦常浮南国涛。
从对斜阳留怅望，
远钟传响暮烟交。